*Jimmy Liebermann*

# Ich trotze meinem Handicap und genieße mein Leben

© 2015 Jimmy Liebermann

Umschlaggestaltung: Jimmy Liebermann, Corinna Podlech
© Bildrechte: Frank Stöhr, Jimmy Liebermann (Privatarchiv)
Satz, Korrektorat: Corinna Podlech, Hamburg

Verlag: tredition GmbH, Hamburg
ISBN
Paperback          ISBN 978-3-7323-3479-7
Hardcover          ISBN 978-3-7323-3480-3
e-Book             ISBN 978-3-7323-3481-0

Printed in Germany

www.tredition.de

## Über den Autor

Jimmy Liebermann, ein spastisch gelähmter Mitarbeiter der GWW (Gemeinnützige Werkstätten und Wohnstätten GmbH) stellt in einer sehr bewegten Geschichte sein Leben vor. Dieses führte ihn und seine Mutter 1990 von Rumänien über Marburg nach Nagold. Hier im Nordschwarzwald und in der Werkstatt GWW Nagold hat er endlich seine Heimat gefunden und konnte dort auch seine Persönlichkeit mit Hilfe von fachlich abgestimmten Angeboten positiv weiterentwickeln.

Sein Wunsch, nicht zu Hause zu verkümmern, sondern am gesellschaftlichen Leben aktiv und oft teilzunehmen, führt ihn häufig am Wochenende ins Café, auf Konzerte oder ähnliche Veranstaltungen.

In Nagold ist er genau deswegen sehr bekannt. Menschen, die ihn persönlich kennenlernen, sind immer wieder über seine frohe Art und positive Einstellung und Ausstrahlung angenehm überrascht (nachdem sein Lebensbeginn eher bescheiden war).

# Inhaltsverzeichnis

# Vorwort

Damals, als ich in dem Buch „Mehr vom Leben" von Julia Fischer, Anne Ott und Fabian Schwarz aus dem Balance Verlag im Jahr 2009 ein Kapitel von mir vorstellen durfte, erfuhr ich die Aufmerksamkeit und Anerkennung anderer Menschen. Seit diesem Zeitpunkt möchte ich unbedingt ein eigenes Buch schreiben, indem ich euch kleine Einblicke in mein Leben gebe und euch somit ausführlicher von mir und meinem Alltag berichte. Meiner Meinung nach gibt es nicht sehr viele Menschen, die das Leben mit einer Behinderung meistern und damit gut leben können.

Zu meiner Person:

Ich heiße Jimmy Liebermann, bin 40 Jahre alt, arbeite in einer Werkstatt für behinderte Menschen und wohne mit meiner Mutter zusammen in einer Mietwohnung in Ebhausen. Wir beide sind ein gutes Team.

Meine Freizeit verbringe ich an unterschiedlichsten Orten, denn überall habe ich auch Freunde. Ich kann mich über einen Mangel an sozialen Kontakten nicht beklagen. Ich bin ein kontaktfreudiger und offener Typ. Sozusagen ein Mann für „Alles". Mit mir kann man Pferde stehlen, wenn es sein muss!

Immer aktiv zu sein, mir über alles Gedanken zu machen, das ist mein Lebenskonzept. Ich muss mir in meinem Leben immer wieder Ziele setzen, dann fühle ich mich gut. Wenn ich mir nichts vornehme, falle ich manchmal in ein großes Loch. Seit Geburt sind meine körperlichen Fähigkeiten eingeschränkt. Ich kann sehr schlecht gehen und sprechen. Doch mein Kopf ist voller Ideen und Erlebnisse. Deshalb möchte ich euch mit diesem Buch an meiner Lebensfreude teilhaben lassen.

Dieses Buch richtet sich an die gesamte Gesellschaft. Es soll alle Menschen gleich ansprechen bzw. es soll einfach zum Denken anregen und eingeschränkte Sichtweisen erweitern. Den Menschen mit Handicap möchte ich durch mein Buch Mut machen und den Menschen ohne Handicap wird durch mein Buch vielleicht bewusst, wie gut es ihnen eigentlich im Leben geht und welche Hürden manche Menschen zu bewältigen haben.

# 1.    Vor der Geburt

In den ersten neun Monaten als Embryo im Bauch meiner Mutter war ich ein Mensch wie jeder andere auch. Ich wuchs und entwickelte mich prächtig. Dann wurde ich als Wonneproppen von 4500 g und 52 cm am 14. August 1974 in Rumänien geboren. Meine Mutter wollte aufgrund von Komplikationen eigentlich einen Kaiserschnitt, doch die Ärzte entschieden sich für eine Zangengeburt. Diese ärztliche Fehleinschätzung muss ich mein ganzes Leben lang ausbaden. Bei der Zangengeburt wurde ein wichtiger Nerv in meinem Gehirn beschädigt. Über eine Stunde lang wurde ich wiederbelebt, bis ich den ersten Schrei machte.

– So begann mein Leben –

Zwei Wochen lang wurde ich noch künstlich ernährt, bis es dann endlich gesundheitlich mit mir aufwärts ging. Doch ich war anders als die anderen. Es stellte sich im Laufe der Zeit heraus, dass Schädigungen in Form von Spastiken in den Beinen und Armen sowie Gleichgewichtsstörungen bei mir zurückblieben. Auch meine Sprachfähigkeit wurde stark beeinträchtigt. Es fällt mir nach wie vor sehr schwer, Worte zu formen und auszusprechen.

Ich wurde ein Jahr alt und konnte noch immer nicht den Kopf heben. Meine Familie musste mich

immer auf den Armen tragen; oder ich lag im Kinderwagen.

Durch Übungen und starkes Durchhaltevermögen meiner Mutter lernte ich sitzen, doch leider nicht selbstständig, sondern mit Kissen gestützt. An selbstständiges Gehen oder Stehen war nicht zu denken, denn ich konnte das Gleichgewicht nicht halten.

Was ich allerdings gut gelernt habe war „krabbeln" und das machte ich dann von morgens bis abends, ob drinnen oder draußen, ob Sommer oder Winter. Ich kam nun endlich alleine vorwärts, welch eine Freude. Aber nicht für meine Mutter. Ich war immer schmutzig, meine Hosen und meine Schuhe waren immer kaputt, was sich bis heute nicht geändert hat. Wohlgemerkt, ich konnte und kann heute noch nicht alle Arten von Schuhen tragen, nur Boots, um meine Knöchel zu stabilisieren.

Meine Mutter sorgte sich hinsichtlich meiner Gesundheit sehr um mich, da ich bei jeder Witterung im Freien krabbelte. Um endlich laufen zu lernen,

hat meine Familie viele Tricks und Therapien ange-
wendet. Für die Wohnung bzw. für das Haus hatte
ich einen extra Laufwagen, mit dem ich wie wild
herumgefahren bin. Für mich war es ein tolles Gefühl, wenn ich mich frei bewegen konnte. Ich habe
sehr viel dabei gelacht.

Als ich ein Jahr alt war, begann eine zweijährige
Therapie: Alle drei Monate kam ich für zwei Wochen in eine Klinik. Dort bekam ich viele Spritzen in
die Knie. Es wurde Gymnastik mit mir gemacht
und nach und nach waren kleine Fortschritte zu sehen.

Doch eines Tages geschah es dann:
Beim Spritzen ins rechte Knie wurde ein Nerv
beschädigt. Ich konnte mich monatelang nicht mehr
auf den Beinen halten. Meine Mutter hatte danach
Angst, dass mir in der Klinik noch mehr passieren
könnte und ist nicht mehr mit mir dorthin gefahren.

Soweit ich zurückdenken kann, hat meine Mama
es nie leicht gehabt. Mein Vater war die ganze Woche arbeiten, um das nötige Geld zu erwirtschaften.
So hatte meine Mama die ganze Arbeit daheim und
dazu auch mich zu versorgen, was oft sehr anstrengend war. Häufig kam meine Schwester, die schon
verheiratet war, um zu helfen.

Mit der Zeit haben sich sämtliche Menschen in meiner Umgebung um mich gekümmert. Von den ver-
schiedensten Leuten haben wir Therapievor-
schläge, Geld oder Bonbons bekommen; oft auch

Streicheleinheiten. Sie wussten einfach nicht, wie sie mit der Situation umgehen sollten.

Geld von anderen Leuten zu bekommen war für uns ein sehr unangenehmes Gefühl. Trotz allem wurde meine Mutter häufiger gefragt, warum sie mich nicht mit mehr Therapien oder Operationen heilen will, damit es mir irgendwann wieder besser geht oder ich laufen kann.

## 2.  Erinnerungen an die Großeltern

Schöne Erinnerungen habe ich vor allem an meine Großeltern, die immer sehr lieb zu mir waren. Ich kann mich noch sehr gut daran erinnern, dass mein Opa mich immer auf seinen Schoß nahm und mir zu essen gegeben hat, wobei ich mich grundsätzlich verschluckte. Er spielte auch oft mit mir.

Im Alter von 79 Jahren starb mein Opa. Meiner Ansicht nach viel zu früh, ich war damals erst vier Jahre alt. Meine Oma war auch immer für mich da. Sonntags hat sie mich mitgenommen, wenn sie in die Kirche ging oder nachmittags, wenn sie jemanden besuchte. Ich war grundsätzlich immer und überall dabei.

Knapp 10 Jahre später verstarb dann leider auch meine Oma im Alter von 85 Jahren.

*Oma, kleine Schwester, ich, große Schwester und Cousins*

# 3.    Wir waren Landwirte

Da wir Landwirte waren und einige Felder, Kühe, Schweine und alles Mögliche an Geflügel besaßen, ging uns die Arbeit niemals aus. Das alles war sehr arbeitsintensiv und kostete enorm viel Zeit und Energie. Wir waren den ganzen Sommer auf dem Feld, wo ich mich am besten gefühlt habe, denn da bin ich den ganzen Tag herumgekrabbelt.

Für mich war es das Schönste, wenn ich bei der Heuarbeit helfen durfte und konnte. Das Wenden, Trocknen und Zusammentragen des Heus zu einem großen Haufen zählte zu meiner Lieblingsbeschäftigung und hat mir sehr großen Spaß gemacht. Ebenso wie das Mähen mit dem Rasenmäher, denn das duftete immer so schön frisch. Damit auch im Winter die Tiere etwas zu fressen bekamen, musste man bereits im Herbst das Heu mithilfe eines Anhängers hereinfahren und trocken lagern.

Der ganzen Familie bereitete die Weizenernte nicht sehr viel Freude, denn da wurde man sehr schmutzig und musste schwer tragen, sodass der Körper immer sehr schmerzte. Die Hände wurden durch die Arbeit sehr spröde und rissig. Für mich war die Tätigkeit eintönig, denn ich konnte kaum helfen. Das Einzige, was ich machen konnte, war bei der Kartoffelernte zu helfen, denn dabei war ich immer einer der Schnellsten.

Im Herbst, als der Mais reif war, wurden die Kolben gebrochen, auf Wagen geladen, nach Hause gefahren und in der Scheune abgeladen. Am Abend, wenn wir mit dem Ernten fertig waren, sind die Verwandten und Nachbarn gekommen, dann wurde der Mais erloschen. So ging das jeden Abend bis bei allen der Mais unterm Dach war, das war stets eine lustige Gaudi.

Ungefähr zur selben Jahreszeit mussten wir auch die im Garten angebauten Weintrauben recht schnell abernten, um daraus Wein zu machen. Da mein Heimatort sehr klein war, half man sich untereinander.

Jeden Tag nach getaner Arbeit kamen Freunde und Bekannte zu uns nach Hause, um gemeinsam mit uns auf dem Farbfernseher ein Video anzusehen (zu dieser Zeit konnte sich das noch nicht jeder leisten). Meistens ging der Film 2-3 Stunden.

Auch ohne sich verabreden zu müssen, traf man sich regelmäßig. An einigen Tagen haben wir auch bei uns im Hof gegrillt. Es gab immer etwas zu Lachen.

Sobald an einem Tag mal keiner an der Türe klopfte oder klingelte, wunderte man sich, ob etwas passiert sei, weil niemand kam.

Wohlgemerkt, wir hatten und haben noch immer sehr viele Freunde.

# 4.    Aussagen von Jimmys Mutter

Heute möchte ich, Lola Liebermann, auch einen Teil der Vergangenheit erzählen.

Vorab möchte ich sagen, dass mein Sohn einmalig ist und ich all die Jahre, auch wenn sie nicht leicht waren, nicht missen möchte.

Ich kann mich noch sehr gut daran erinnern, wie alles begann. Es war an einem heißen Samstag im August, als mein Mann und ich mit dem Zug ins Krankenhaus gefahren sind, weil meiner Meinung nach die Schwangerschaft bereits viel zu lange dauerte und ich schon längst über dem Entbindungstermin war.

Im Krankenhaus angekommen meinten die Ärzte, ich könnte beruhigt nach Hause fahren, denn es würde noch ein paar Tage dauern, bis die Geburt stattfinden würde. Also fuhren wir wieder heim.

Am Abend waren wir noch ein wenig im Garten und mein Mann pflückte die Tomaten, denn ich durfte ja nichts mehr machen.

Beim Abendessen platze mir jedoch die Fruchtblase und mein Nachbar fuhr mich freundlicherweise ins Krankenhaus. Zu dieser Zeit hatte ich noch immer keine Wehen, sodass ich eine Spritze bekam.

In der darauffolgenden Nacht lag ich ständig in den Wehen, sodass ich schwach war und den Ärzten gegenüber den Wunsch für einen Kaiserschnitt äußerte. Doch die Ärzte waren anderer Meinung und entschieden gegen meinen Willen.

Am nächsten Tag meinten sie, es sei bereits zu spät für einen Kaiserschnitt und haben das Kind mittels einer Zangengeburt geholt, was meiner Meinung nach ein folgenschwerer Fehler war.

Gleich nach der Geburt wollten die Ärzte, dass ich mein Kind im Krankenhaus lassen soll, was ich nie gemacht hätte. Ich nahm mein Kind mit nach Hause, genauso wie es alle Eltern nach dem Krankenhausaufenthalt taten.

Zuhause angekommen, waren wir alle mit Jimmy beschäftigt – von morgens bis abends – es war einfach immer etwas los mit ihm.

Jimmy war stets sehr anfällig. Er hatte fast jede Kinderkrankheit und wenn es nichts Schlimmeres war, reichte auch eine Erkältung oder Fieber.

Es wurde uns nie langweilig mit ihm.

Wir haben alle zwei Stunden Gymnastik gemacht. Diese beiden Stunden vergingen viel zu schnell. Kaum war man fertig, ging es wieder von vorne los. Oft wollte Jimmy nicht mitmachen und verkrampfte sich so sehr, dass man ihn nicht mehr bewegen konnte. Er brachte mich oft zum Verzweifeln. Wie häufig er gefallen ist, war abnormal.

Ich kann mich noch sehr gut daran erinnern, dass wir auf einem Eisenherd kochten, wie er damals üblich war. Daneben stand ein Sofa, auf dem Jimmy immer spielte oder zuschaute. Leider blieb er nie still darauf liegen oder sitzen, sodass er immer öfters von diesem Sofa herunterfiel, einmal sogar mit dem Kopf auf die Nieten, mit denen die Herd-Füße befestigt waren. Er hatte so oft den Kopf aufgeschlagen und ständig blutete er.

Da es damals noch keinen Rollator gab, wurde ein Kinderwagen speziell für Jimmy umgebaut. Der Kinderwagen musste vorne Gewichte haben, sodass er nicht nach hinten kippte, wenn Jimmy sich daran festgehalten hat. Mit diesen Wagen lief er überall herum und war auf seine Art und Weise mobil unterwegs. Leider war dies nicht immer von Vorteil, denn Jimmy brauchte nur zu stolpern, schon fiel er hilflos mit dem Kopf auf den Boden.

Heute bin ich wirklich stolz auf ihn, wie er sein Leben meistert; wie positiv er doch drauf ist. Er ist meistens gut gelaunt. Ich weiß aber auch, dass er oft über sein Leben verzweifelt ist, dann ärgere ich mich noch heute über die Ärzte. Ich wünsche

Jimmy so sehr, dass er gesund wäre, aber das wünscht sich wohl jede Mutter in dieser Situation.

Ich bin froh, dass ich ihn habe und würde ihn auch niemals hergeben. Ich bereue nichts davon, wie ich damals entschieden habe. Für die Zukunft wünsche ich ihm, dass er doch noch eine Partnerin findet, die zu ihm passt.

## 5. Bemühungen zu sein wie all die anderen Kinder

So vergingen die Jahre. Meine Eltern haben nichts unversucht gelassen. Sobald meine Mutter hörte, dass es irgendwo Hilfe für mich geben könnte, fuhr sie dorthin und versuchte alles, damit mir geholfen werden konnte.

Gymnastik habe ich weiterhin gemacht. Es gab jedoch keine weiteren Fortschritte mehr, übers Krabbeln hinaus kam ich nicht.

Als ich ins Kindergartenalter kam, meldete mich meine Mutter im Kindergarten an. Ich war ungefähr eine Woche dort und es hat mir auch gut gefallen. Leider durfte ich nicht bleiben, weil meine Betreuung wohl zu aufwendig war.

Als kleiner Junge fragte ich meine Mutter sehr oft, wann ich endlich laufen und dann auch Fußball spielen kann. Da meine Mutter und Familie immer alles erdenklich Mögliche taten und sich auch stets Gedanken machten, wie sie mich fördern könnten, kamen sie auf eine tolle Idee, wie ich das Laufen üben konnte.

Wir hatten im Hof, der durch Zäune abgetrennt wurde, zwei große Walnussbäume, zwischen die sie ein Seil spannten. Daran konnte ich mich festhalten und laufen üben. Leider war mir das manchmal zu langweilig, weil ich dabei öfter alleine war, denn meine Mutter arbeitete sehr viel. Die Zeit verging und ich hatte keine Lust mehr laufen zu üben, deswegen bekam ich dann Ärger mit meiner Mutter und meiner Schwester.

Im vorderen Teil des Hofes hatten wir Blumen. Am längsten Blumenbeet brachte mir mein Schwager ein Geländer an, an dem ich auch laufen konnte. Ich wollte so sein wie all die anderen gleichaltrigen Kinder in unserem Dorf. Doch mit der Zeit merkte ich, dass ich immer zu langsam war. Ich konnte aufgrund meiner Behinderung einfach nicht mit ihrer Schnelligkeit mithalten.

Im Sommer, wenn es heiß genug war und die Badesaison eröffnet wurde, gingen wir in Rumänien immer an den Fluss „Temesch" zum Baden. Eigentlich hätte ich gar nicht mitgehen können, da ich nicht richtig laufen konnte. Glücklicherweise war ich nicht allzu schwer und so konnte meine Schwester mich tragen. Wir mussten durch einige Gräben und über Steine laufen. Am Fluss musste man durch das niedrigere Wasser gehen, was durch die vielen Stauden und das Gras im Wasser sehr beschwerlich war (und für mich alleine unmöglich gewesen wäre), bis wir endlich ins etwas tiefere Wasser kamen und baden konnten.

Dank meiner Schwester war ich immer dabei und wir alle hatten unseren Spaß. Ich bin eben eine echte Badenixe ...

Aber der Rückweg war wieder sehr anstrengend.

## 6. Ich wurde immer ausgeschlossen von anderen Kindern

Ausgeschlossen zu werden, bekam ich besonders in der Karwoche zu spüren. In Rumänien war es Brauch, dass am Gründonnerstag die Kinder aus dem Dorf in der Karwoche immer morgens, mittags und abends singend mit den Rätschen durchs Dorf liefen und Lärm machten.

Ab diesem Tag haben die Glocken dann bis Karsamstagabend nicht mehr geläutet.

Am Karsamstag liefen sie mit einem geschmückten Korb von Haus zu Haus und man beschenkte sie mit Eiern und Geld. Die Kinder haben es dann unter sich verteilt, doch leider immer ohne mich.

Am Ostersonntag gingen die Burschen und jungen Männer vor der heiligen Messe mit einem Fläschchen Kölnisch Wasser zu den jungen Frauen zum „Spritzen". Das ist ein alter Fruchtbarkeitsritus, der in Alt-Sadowa bis zum Ausgang des 20. Jahrhunderts gepflegt wurde. Die jungen Männer bespritzten die Frauen mit dem Wunsch: „Das ganze Jahr frisch und gesund zu sein." Die jungen Männer bekamen dann Schnaps zu trinken und waren schon besoffen, bevor sie zur heiligen Messe gehen konnten. Das war immer sehr lustig anzusehen.

Ich wäre gerne einer unter ihnen gewesen und es war bitter, nicht mitlaufen zu können. Ich konnte das Geschehen und die Freude anderer Kinder nur vom Fenster aus beobachten.

Auch das Maibaumsetzen war in Rumänien ein zahlreich besuchtes Highlight. Den ganzen Tag haben die Burschen das Loch für den Baum ausgehoben, ich war auch die ganze Zeit dabei.

Vor der Schule wurde ebenfalls ein kleiner Maibaum aufgestellt, bei dem auch die Eltern halfen. Das war Tradition und jedes Jahr ein schönes Ereignis.

Am Abend des letzten Aprils wurde der Baum gesetzt. Das war immer eine Gaudi. Das ganze Dorf war anwesend, und sogar ich.

Teilnehmen hieß für mich, von außen das Ganze beobachten zu können. Der Baum wurde von den Männern des Dorfes mit einem Baumheber und Äxten gefällt und anschließend mit Pferd und einer Kutsche in die Mitte des Dorfes gefahren. Die Jungen fingen dort an, den Baum zu schälen. Das dauerte meistens zwei bis drei Wochen, da sie sich ja erst gegen Abend trafen, nachdem alle von der Arbeit nach Hause kamen, um an dem Baum weiter zu machen.

Der Baum wurde mit ein paar Leitern hoch gehoben. Das war nicht so leicht, denn der war manchmal bis zu 30 Meter lang. Der Baumstamm war von einer Tanne und die Spitze von einer Birke, an die die Mädchen buntes Krepppapier banden.

Die Kinder haben auf einem Hügel außerhalb des Dorfes einen Haufen Sträucher und alte Autoreifen gesammelt.

Wenn im Dorf der Maibaum aufgestellt wurde,

gingen die Kinder mit brennenden Fackeln auf den Hügel und zündeten das Maifeuer an. Ein schöner Brauch.

# 7. Freundschaft kennt keine Entfernung

Mit meinem umgebauten Kinderwagen konnte auch ich einigermaßen gut laufen, sogar manche Hürden nehmen. In unserem Dorf hatte jedes Haus eine offene Regenabflussrinne, die ich immer überwinden musste, auch wenn ich nur zum Nachbar ging.

Und um in die Eisdiele zu kommen, musste ich die Hauptstraße überqueren, was jedes Mal ein Abenteuer für mich war, wegen der vielen Autos. Doch das nahm ich gerne in Kauf, denn in der Eisdiele war nämlich immer was los und ich bekam meistens auch ein Eis geschenkt, obwohl ich es bezahlen wollte.

Sehr schöne und vor allem lustige Erinnerungen habe ich an einen guten Freund, Dietmar. Er war bei uns im Dorf Tischlermeister und hatte eine eigene Werkstatt. Ja klar, Dietmar ist einige Jahre älter als ich, doch die Freundschaft, die uns verbindet, hält immer noch an. Da ich weder zur Schule gehen konnte noch sonstige Verpflichtungen hatte, verbrachte ich sehr viel Zeit bei ihm in der Werkstatt. Mein Freund war ein Langschläfer, so kam es öfter mal vor, dass ich morgens schon vor ihm in seiner Werkstatt war. Ich hatte dort so meine kleinen Aufgaben, zum Beispiel die Hobelbank sauber zu halten, mit Hammer und Nägeln umzugehen und vor allem habe ich mir gemerkt, wohin er seine Sachen verlegte. Ich war sozusagen Dietmars „Gedächtnis-stütze". Dietmar gab mir stets das Gefühl gebraucht zu werden, wichtig zu sein und er behandelte mich immer als vollwertigen Menschen - na ja, sagen wir mal meistens, denn oft spielte er mir Streiche. Dies war jedoch für mich sehr amüsant, da ich für Scherze immer zu haben bin. Doch das Fiese daran war, dass er Hilfe von Roland bekam, noch so ein „Freund", im positiven Sinne.

Roland kam meist nach Feierabend in die Werk-statt. Er arbeitete als LKW-Fahrer und das Schöne daran für mich war, dass ich manchmal mitfahren durfte. Meistens aber sind wir in der Werkstatt ge-blieben und Roland half Dietmar mehr oder weni-ger bei der Arbeit. Mein Spruch dazu hieß: „Der Eine macht nichts und der Andere hilft ihm dabei". Dies war meine Art, mich gegen die zwei zu vertei-digen.

*Meine beiden Freunde*

Wir drei hatten wirklich sehr viel Spaß zusammen. So kam es, dass ich mindestens einmal pro Tag unter der Hobelbank lag, denn die zwei mussten nur einmal mit dem Hammer kräftig auf die Hobelbank schlagen, da lag ich schon vor Schreck. Ich war meistens nicht aufmerksam genug, obwohl ich es längst besser wissen musste, erschrak ich jedes Mal aufs Neue. Wohlgemerkt, ich bin heute immer noch sehr schreckhaft und vielen meiner Freunde bereitet es ein riesiges Vergnügen mich zu erschrecken.

Ich war aber auch nicht immer der Bravste … An einem Sonntag kurz vor dem Mittagessen machte ich mich erneut auf den Weg zur Eisdiele, kam aber nie dort an, da ich an der Ecke eine andere Richtung einschlug und zu meinem Cousin ging.

Als ich nicht nach Hause kam, machte sich meine Mutter auf die Suche nach mir, sie erkundete das ganze Dorf, nichts. Dann ging sie zu meiner Schwester, dort fand sie mich leider auch nicht vor. Die ganze Familie suchte verzweifelt nach mir oder nach Spuren von meinem Wagen. Sie gingen auch zum Fluss, aus Angst davor, ich könnte ertrunken sein. Meine Schwester lief erneut zu meinem Cousin, aber diesmal bis in den Garten, der sich hinter dem Haus befand – und entdeckte uns beide beim Spielen. Ich hatte die Zeit vor lauter Spielen vergessen und bekam dafür eine Menge Ärger.

Und so vergingen die Jahre mit positiven und negativen Erfahrungen. Die Kinder aus meinem Dorf waren nämlich oft sehr gemein zu mir. Sie bezeichneten mich als krabbelndes Schwein und behandelten mich auch sonst sehr schlecht, z.B. musste ich meine Eltern beklauen, damit mich die Dorfkinder an ihren Spielen teilhaben ließen. Und das war für mich gewiss nicht einfach, denn die Ansprüche der Kinder wuchsen stetig, aus einer Packung Zigaretten wurden am Schluss etliche Stangen. Es sollten gute Zigaretten sein. Ich hatte von meinen Eltern auch Zigaretten ohne Filter geklaut, doch die wollten sie nicht.

Es gab im Dorf einen Fußballplatz, auf dem sich alle regelmäßig zum Fußballspielen verabredeten. Gemeinsam mit den anderen Kindern sind wir hingegangen, wobei ich immer hinter den anderen herlief. Durch meine Behinderung war ich auf meinen Wagen angewiesen und musste immer Umwege nehmen, um zum Fußballplatz zu gelangen. Nachdem ich dort endlich angekommen war, hatten die anderen Kinder keine Lust mehr zu spielen und gingen wieder nach Hause. Ich kam also grundsätzlich zu spät, sodass ich nie mitspielen oder zuschauen konnte. Somit bin ich umsonst zum Platz gegangen und musste den ganzen Weg wieder zurücklaufen. Ich war leider immer der Außenseiter und das hat mich sehr genervt.

Doch ich habe auch gute Erinnerungen an Rumänien. Deutsche Fernsehsender zu schauen, war uns damals von der Regierung nicht erlaubt, doch das weckte in uns allen den Erfindergeist. Gerade bei Fußballspielen war es ganz lustig. Wir, eine große Gruppe von Freunden und Bekannten, fuhren dann mit einem LKW ins Gebirge, wo wir den Fernseher, Antenne und eine Autobatterie aufbauten und an-

schlossen, um unbeobachtet das Fußballspiel verfolgen zu können. Wir mussten sehr hoch ins Gebirge fahren, um überhaupt Empfang zu haben. Doch der weite Weg lohnte sich. Denn es war gute Laune angesagt mit jubelnden Fans, vor allem wenn Deutschland gewann. Wir haben immer für Deutschland gejubelt, all die Jahre – und auch heute noch.

# 8.  Schulzeit

Als ich schulpflichtig wurde, wollte man mich in eine Schule für psychisch kranke Kinder schicken, was meine Mutter nie zugelassen hätte, denn ich bin „nur körperbehindert".

Eine Schule für Körperbehinderte gab es nur in einem 500 Kilometer entfernten Ort. Diese wollten meine Eltern wegen der großen Entfernung nicht in Betracht ziehen. Ich hätte die Möglichkeit gehabt mit meiner jüngeren Schwester, als sie eingeschult wurde, zusammen nachmittags zu lernen, doch darauf ließ ich mich, warum auch immer, nicht ein.

Es gab bei uns Zuhause deshalb auch öfters Debatten. Für meine Mutter wäre es sehr wichtig gewesen, dass ich lesen und schreiben lerne. Doch aus welchem Grund auch immer war es unmöglich, mir dies beizubringen. Für mich war es zu schwer. Ich war, beziehungsweise bin immer noch ein ganz großer Dickkopf und habe mich gegen Dinge, die mir schwerfielen, mit Händen und Füßen gewehrt.

Meine Mutter konnte sich auch sonst mit meinem Gesundheitszustand nicht abfinden, hat sich wieder und wieder nach Möglichkeiten erkundigt, die mir helfen könnten, meinen Zustand zu verbessern.

Die Lösung war dann eine Kur. Ich war jedoch nur einmal dort, es war für mich unerträglich. Danach wollte ich nie wieder hin. Ich erinnere mich noch ganz genau an die Wochenendbesuche meiner Mutter, die sicherlich von ihr sehr lieb gemeint waren, aber für mich aufgrund der vielen Abschiede sehr schmerzhaft. Auch die Sauberkeit und unsere Pflege in dieser Kur ließen zu wünschen übrig, ich denke mit Grauen an die Toiletten. Mein Hintern war so wund wie nie zuvor. Es tat schrecklich weh.

Das Menschliche hatte, wie man ja schon in heutigen Berichten gesehen hat, im Jahr 1990 in Rumänien noch nicht die Bedeutung wie heute. Oder ich hoffe zumal, dass es heute Bedeutung hat!

Als meine Mutter mich erneut zu dieser Kur anmelden wollte, versuchte ich sogar, mir mit dem Sicherheitsgurt des Autos das Leben zu nehmen.

Meine kleine Schwester und ich waren kurz alleine im Auto, sie schrie dann so laut, dass meine Mutter sie hörte, sofort zurückkam und mich davon abhalten konnte. Sie versuchte nie wieder, mich zu einer Kur zu überreden.

Vielleicht ist es auch hier bekannt, wie behinderte Kinder in Rumänien behandelt wurden. Heute glaube ich manchmal, dass es ein Fehler von mir war, nicht mehr zur Kur zu wollen, da ich nach ein paar Wochen Behandlung ein Stück allein, wenn auch noch mühsam, ein paar Schritte laufen konnte. Leider kommt meine Einsicht zu spät.

In Rumänien konnte ich keine Schule besuchen. Als meine kleine Schwester zur Schule ging, versuchte meine Mutter, mir das Lesen beizubringen. Doch ich hatte damals leider keinen Ehrgeiz, wusste auch einfach noch nicht, wie wichtig diese Fähigkeit sein wird, und ließ mir einfach nichts beibringen. Ich habe das Lesen also nie gelernt, weil ich mich selbst dagegen sträubte.

Für mich wäre heute vieles einfacher und ich wäre nicht immer auf die Hilfe anderer angewiesen. Doch leider kam diese Erkenntnis zu spät.

# 9. Auswanderung von Rumänien nach Deutschland

Als wir 1990 in Deutschland waren, kam ich erst mit 16 Jahren zur Schule. Eigentlich hatten wir schon seit 9 Jahren die Einreiseerlaubnis nach Deutschland, doch wir durften Rumänien nicht verlassen, weil in unserer Stadt das zuständige Gremium gegen unsere Ausreise entschieden hatte. Und das nicht nur einmal. Ich glaube, uns wurden fünf Absagen erteilt, was für uns jedes Mal unbegreiflich war. So mussten wir notgedrungen auf den politischen Umbruch warten, in dessen Folge niemand mehr auf ein Gremium angewiesen war.

In der Zeit vor dem Umbruch sind viele Menschen aus dem Land geflohen, über die Donau nach Jugoslawien. Eine sehr gefährliche Flucht, denn wenn jemand von den rumänischen Grenzlern entdeckt und verhaftet wurde, folgte ein Gefängnisaufenthalt. Außerdem bestand ja auch die Gefahr vor dem Ertrinken im Fluss.

Trotz der schlechten Zeiten in Rumänien fiel mir der Abschied erstaunlich schwer. Unser gesamtes Hab und Gut mussten wir zurücklassen. Am Schwersten war für mich, dass meine große Schwester mit ihrer Familie noch nicht fortkonnte und wir unser geliebtes Heim aufgeben mussten. Unser Haus war meine Heimat, der schöne große Garten und die vielen Erinnerungen, es fiel mir ganz und gar nicht leicht, all das einfach hinter mir zu lassen. Auch der Abschied von unseren Freunden, Bekannten und übrigen Verwandten bereitete mir große Mühe.

Unsere Ausreise nach Deutschland war für mich ein unvergessliches Erlebnis. Meine Eltern, meine kleine Schwester und ich wanderten mit fünf Koffern aus Rumänien mit dem Zug nach Ungarn über Österreich nach Deutschland aus. Die Zugfahrt dauerte sehr lange, wir fuhren zwei Tage und eine Nacht. Wir mussten oft umsteigen, was mit den Koffern und mir kleinem, gehbehindertem Jungen sehr mühsam war.

Es war aber auch interessant zu sehen, wie unterschiedlich die Länder waren. Wir kannten ja vorher nur unser Land Rumänien. Ich weiß noch, wie wir mit all den anderen Auswanderern in Nürnberg ankamen. Wir wurden in eine Sammelstelle gebracht, in der wir die ersten Tage verbrachten. In Nürnberg wurden die Aufnahmepapiere erstellt.

Deutschland war für uns ein Schlaraffenland, weil wir alles bekamen. Das waren wir nicht gewohnt. In Rumänien zum Beispiel bekamen wir nur ein paar Mal die Woche frisches Brot, einmal im Monat ein Kilo Mehl und Zucker und dafür mussten wir sogar noch lange anstehen.

In Deutschland war dann alles anders; es gab alles im Überfluss, jederzeit zu haben. Viele Lebensmittel kannten wir bisher gar nicht, vieles war uns noch fremd. Bananen und vor allem Nutella waren bei uns heiß begehrt. Doch nicht nur diese Dinge, es war einfach eine enorme Auswahl in jedem Geschäft vorhanden, sogar unter den verschiedenen Lebensmitteln gab es noch eine Sortenvielfalt. Das war einfach überwältigend und total fremd für uns. Am liebsten hätten wir alles gekauft, doch leider hatten wir nicht viel Geld und konnten auch nicht alles ausgeben, weil wir ja nicht wussten wie es weitergeht.

Und dann sind wir weitergereicht worden – nach Ulm. Von da aus sind wir nach Marburg an der Lahn gekommen. Wir wollten eigentlich in Ulm bleiben, oder in der Nähe von Stuttgart, wir hatten aber darauf keinen Einfluss. Die Behörden dachten, dass wir in der Nähe unserer Verwandtschaft besser aufgehoben wären, obwohl in der Umgebung von Ulm und Stuttgart auch viele Freunde von uns lebten.

Wir wohnten letztendlich in Marburg, zuerst in Marbach (das ist ein Stadtteil von Marburg). Dort verbrachten wir zwei Monate, dann sind wir in die Lohmühle, ein Übergangswohnheim, gekommen. Dort lebten wir zwei Jahre, bis wir endlich eine behindertengerechte Wohnung fanden. Mein Vater wollte nicht in eine eigene Wohnung ziehen, sondern in dem Wohnheim bleiben. Er dachte, man müsse – wie zuvor in Rumänien – das Geld nicht im Überfluss ausgeben. Ganz nach dem Motto: Man weiß ja nicht was noch kommt.

## 10.  Einschulung mit 16 Jahren

Als ich mit 16 Jahren endlich eine Behinderten-
schule besuchen durfte, stellte ich fest, dass es dort
viele Jugendliche gab, denen es noch wesentlich
schlechter ging als mir. Diese Schule förderte mich
sehr im Umgang mit dem Computer. Sie brachten
mir sämtliche wichtigen Dinge bei, die ich in der
Zukunft gut brauchen konnte. In Deutsch bekam
ich immer Einzelunterricht. Doch das Lesen habe
ich nie so richtig gelernt. Denn aufgrund meines Alters und meiner späten Einschulung fehlte mir viel
Grundwissen und ich kam schnell an einen Punkt,
bei dem es mir zu mühselig war und ich keinen
Fortschritt mehr sah. Und von da an wurden meine
Leistungen immer schwächer, weil ich einfach
keine Motivation mehr hatte. Sogar Erlerntes ver-
gaß ich wieder.

In der Schule wurde auch unsere Motorik durch
Gymnastik, Schwimmen und Reiten gefördert.

Wenn ich an ein bestimmtes Erlebnis denke,
muss ich heute noch schmunzeln. Ich weiß, dass ich
mich beeilen musste, um nicht zu spät in den Un-
terricht zu kommen. Deshalb legte ich einen Zahn
zu, rutschte aber blöderweise aus und landete voll
auf meiner Nase. So kam ich dann erst recht zu spät.
Mit gebrochener Nase wurde ich zum Arzt und anschließend nach Hause gebracht.

Mit der Schule unternahmen wir oft Klassenfahr-
ten, das war immer lustig. An einem Wochenende

fuhren wir nach Hamburg ins Musical „Cats". Das war super und der Anfang meiner vielen Musicalbesuche und der Beginn von meinem Interesse an der Musik.

Die Schule hat mir auch bei meiner heutigen beruflichen Tätigkeit sehr stark geholfen. Und nicht nur am Arbeitsplatz, auch privat nutze ich den Computer viel.

Experten schätzen, dass in Deutschland insgesamt drei bis vier Millionen Menschen an LRS (Lese-Rechtschreib-Schwäche) leiden. Leider bin auch ich davon betroffen. Jedoch kann ich mich momentan nicht über mangelnde Unterstützung bzw. Förderung sowohl im privaten als auch im beruflichen Bereich beklagen. Ich engagiere mich sogar noch für andere Organisationen.

## 11.  Akupunktur

Vom Hausarzt haben meine Eltern von Ärzten in Hamm gehört, die Akupunktur-Behandlungen an Kindern ausüben und sind mit mir hingefahren. Ich wurde untersucht und zum Schluss teilte man uns mit, dass 15 Kinder ausgesucht werden, die mit auf eine Reise nach Gran Canaria dürfen.

Nach einiger Wartezeit wurden wir benachrichtigt, dass auch ich dabei bin, das war Ende November 1993. Gemeinsam mit meiner Mutter flog ich auf die spanische Insel. Das war eine, wenn auch anstrengende, schöne Zeit. Zu den Behandlungen gehörten Akupunktur, Gymnastik und Logopädie. Diese Anwendungen verteilten sich über den ganzen Tag.

In der Freizeit gingen wir spazieren, am Wochenende haben wir eine Inselrundfahrt gemacht. Es war alles wunderbar und neu, denn es war unser erster Urlaub (für uns war es wie Urlaub). Wir hatten so etwas vorher noch nicht erlebt. Auch wenn wir einkaufen gingen, war es immer lustig. Es gab eine Rundanlage mit Läden und Restaurants. Dort stand vor jedem Restaurant ein Kellner, der den Vorbeigehenden zu trinken anbot. Wenn man bei allen etwas getrunken hätte, wäre man sicher betrunken nach Hause gekommen. Das war halt die Masche, um die Leute ins Lokal zu locken.

Leider blieb das Ganze eine einmalige Sache, da

die Krankenversicherung diese Art nicht aner-
kannte, auch wegen des Klimas. Es folgte zwar noch
eine Behandlung in Deutschland, doch der Erfolg
war nach der ersten Sitzung zu gering und deswegen erhielten wir keine Zuzahlung. So ist alles ins
Wasser gefallen.

## 12.    Trennung vom Vater

Aus familiären Gründen zogen meine Mutter, meine kleine Schwester und ich 1996 von Marburg nach Ebhausen bei Nagold. Der eigentliche Grund dafür war mein Vater. In Rumänien arbeitete er sehr viel und war deswegen von einer Woche nur ein paar Tage zu Hause. Wir Kinder hatten eigentlich kein sehr inniges Verhältnis zu unserem Vater, da unsere Mutter immer bei uns war.

Als wir in Deutschland lebten, bedeutete das für unseren Vater und uns eine große Umstellung. Er war plötzlich jeden Tag zu Hause. Am Anfang ging es noch ganz gut, doch als meine Schwester älter wurde und in die Pubertät kam, gab es nur noch Streit. Die Stimmung bei uns daheim wurde stetig schlechter. Er ließ meiner Schwester keinen Freiraum, reagierte fast eifersüchtig. Es gab ständig Ärger und ich konnte aufgrund meiner Behinderung nicht helfen. Es war für mich unerträglich, nicht helfen zu können.

Auch an mir nörgelte er andauernd herum. Ich solle schöner laufen und nicht so blöde rummachen, deshalb bin ich mit ihm auch nicht mehr spazieren gegangen.

Auch wollte ich nicht mehr mein Zimmer verlassen, wenn er von der Arbeit nach Hause kam. Letztendlich war die Situation unerträglich, auch für unsere Mutter. Sie konnte nicht mehr schlichten.

Meine Eltern waren schon total zerstritten, als

der Urlaub kam. Meine Mutter hatte bereits frei, mein Vater bekam erst eine Woche später Urlaub. So fuhren wir drei alleine weg, Vater sollte nachkommen. Nach ein paar Tagen rief er an und fragte unsere Mutter, wie es ihr ginge. Als sie antwortete, es ginge ihr gut - auch ohne ihn, sagte er, dass sie das noch bereuen würde. Seine Reaktion hat meine Mutter so erschrocken, dass sie mit uns nicht mehr zurückkehren wollte.

Also beschlossen wir, uns von unserem Vater zu trennen und wegzuziehen. Es war für uns alle nicht leicht, alles zurückzulassen, aber notwendig.

Gleich nach der Trennung erwirkte meine Mutter eine sogenannte einstweilige Verfügung, damit sich unser Vater nicht näher als 500 Meter dem Haus und uns nähern darf.

Ebhausen war für uns ein gut gewählter Ort, weil dort meine ältere Schwester schon mehrere Jahre wohnte. Es kam glücklicherweise so, dass meine Schwester im selben Monat nach Nagold umgezogen war und wir somit die Wohnung meiner Schwester bewohnen konnten. Damit hatten wir eine gute Anlaufstelle.

Es war schwer, ohne etwas Vertrautes wieder neu zu beginnen, denn in Marburg hatte ich Schulfreunde, hatte mich eingelebt und absolvierte ein Praktikum in einer Buchbinderei, was mir sehr viel Spaß machte. Diese Buchbinderei baute auch extra für mich eine Maschine um.

Meine Mutter fand lange keine Arbeit in Ebhausen. Wir lebten fast ein Jahr von Arbeitslosengeld.

Mein Vater jedoch nahm die Trennung nicht so ernst, er wollte nachziehen. Deshalb gab er uns auch einen Großteil der Möbel mit.

Doch als ihm die Trennung richtig bewusst wurde, machte er uns eine Zeit lang das Leben zur Hölle. Zu jeder Tageszeit terrorisierte er uns am Telefon. Das war alles andere als lustig und belastete uns sehr. Wir hatten bei jedem Klingeln, vor allem meine Mutter, schon Angst, dass er vor der Türe steht.

Eines Tages meinte unsere Mutter, dass sie meinen Vater in Ebhausen vor unserem Haus gesehen hätte. Und tatsächlich - am Abend klingelte es an unserer Tür. Meine Mutter dachte, meine Schwester käme nach Hause und öffnete unbeschwert die Tür. Doch, oh Schreck, mein Vater stand vor ihr. Sie wollte die Tür noch vor ihm zuschlagen, aber er war stärker. Er betrat wutentbrannt unsere Wohnung. Ich hatte furchtbare Angst um meine Familie.

Auch nach mehreren Stunden wollte mein Vater noch nicht gehen. Ich wollte ihn verjagen, konnte die Situation nicht mehr aushalten und zeigte meinen Widerstand damit, dass ich mit all meinen wenigen, eingeschränkten Kräften auf ihn einschlug und ihm in die Beine biss. Er wehrte sich kräftig, doch war gleichzeitig über meine Reaktion auch sehr geschockt. Am Ende eskalierte die Situation vollständig.

Kurz zuvor hatte meine große Schwester bei uns daheim angerufen und bekam alles am Telefon mit. Daraufhin verständigte sie schnell die Polizei und erschien gemeinsam mit den Beamten. Die Polizei überlegte nicht lange und nahm meinen Vater mit.

Wir hatten jedoch nur kurz unsere Ruhe vor ihm. Es ging wieder los mit Telefonterror, bis wir eine Geheimnummer beantragten. Doch diese fand er auch recht schnell heraus und das Ganze setzte sich fort.

Als meine Schwester Geburtstag feierte, waren wir gemeinsam mit Freunden und Bekannten beim Kegeln. Auf dem Weg nach Hause erwartete uns schon eine Überraschung; mein Vater! Dieser schöne Geburtstag gehörte in diesem Moment bereits der Vergangenheit an.

Bis zur Scheidung vergingen fast zwei Jahre. Aber seit diesem Tag waren endlich wieder andere Dinge wichtig.

# 13.  Arbeit

Auf der Suche nach beruflichen Möglichkeiten für mich, fand meine Schwester im Telefonbuch eine Beratungsstelle, in der eine Psychologin tätig war, die zusätzlich auch in einer Werkstatt für Menschen mit Behinderungen arbeitete. So kam ich 1996 zu den Gemeinnützigen Wohn- und Werkstätten (GWW), wo ich bis heute sehr gerne arbeite.

Zu Beginn dieser Tätigkeit hatte ich noch große Zweifel. Mein Ziel war eigentlich immer, eine Arbeit auf dem Allgemeinen Arbeitsmarkt zu finden. Ich konnte mich lange nicht damit abfinden, in einer Werkstätte für Menschen mit Behinderung zu arbeiten. Doch in Nagold und Umgebung fand ich trotz langer Suche leider keine Arbeit.

In Marburg dagegen hatte ich schon einen Arbeitsvertrag als Buchbinder in der Hand. Der Verdienst wäre dort natürlich um einiges höher ausgefallen als in der Behindertenwerkstätte, in der ich im ersten Jahr nicht über einen geringen Grundlohn kam, der von der Agentur für Arbeit bereitgestellt wurde. Auch die Erhöhung im zweiten Jahr fiel nicht gerade üppig aus.

Die ersten Jahre waren für mich sehr schwierig. Ich war einfach mit meiner Arbeitssituation nicht zufrieden. Aber es gab keine andere Möglichkeit für mich. Also fand ich mich damit ab.

In der Werkstatt erkannte man im Laufe der Zeit, dass ich mit geringeren Tätigkeiten wie „Eintüten" unterfordert war. Also bekam ich die Gelegenheit, mich stundenweise um die Post zu kümmern. Es war für mich eine erfreuliche Abwechslung. Das habe ich dann vier weitere Jahre gemacht.

Während dieser Zeit bekam ich immer mehr Aufgaben übertragen, mit der Unterstützung der hiesigen Fachkräfte wurden meine Talente weiter gefördert. Zum Schluss war ich nur noch im Vertrieb der Werkstatt tätig. Das war für mich endlich eine erfüllende, verantwortungsvolle Aufgabe, die meinen Fähigkeiten entsprach.

Heute arbeite ich unter anderem am Computer, überwache die notwendigen Materialbestellungen für bestimmte Aufträge, verwalte selbstständig ein Lagersystem (Kanban) und übernehme die Endkontrolle für unsere Aufträge. Um diese Tätigkeit korrekt ausüben zu können, muss ich mich in den gesamten Arbeitsabläufen und innerbetrieblichen Gegebenheiten auskennen und immer auf dem Laufenden bleiben. Ein Gesamtblick über alle Aufträge und dem dazu erforderlichen Material ist bei dieser Arbeit notwendig.

Ich habe auch gelernt, obwohl ich gar nicht lesen kann, Aufträge im XPPS (internes Datenverarbeitungsprogramm) zu buchen und Lieferscheine zu erstellen.

Dieses System der Datenverarbeitung wurde im August 2011 durch ein fortschrittlicheres, effektiveres Programm – SAP – ersetzt, was leider für uns behinderte Mitarbeiter noch nicht gleich zugänglich war. Im März 2012 bekamen wir dann auch SAP zur

Verfügung gestellt. Meiner Meinung nach ist dieses neue Programm viel einfacher, denn ich muss nicht mehr jeden einzelnen Schritt kontrollieren. Es ist quasi eine Art Arbeitserleichterung für mich.

Ich musste mir die Abläufe alle merken, da ich nicht ablesen kann. Dadurch entlaste ich die Fachkräfte im Team bei der täglichen Arbeit. Mir gefällt diese Aufgabe, da sie auch eine Herausforderung und Bestätigung für mich bedeutet.

Gleichzeitig engagiere ich mich auch bei unserem Werkstattrat. Dort vertrete ich die Interessen meiner Kolleginnen und Kollegen gegenüber der Geschäftsführung. Es ist nicht immer leicht, durchzusetzen was wir wollen. Darüber hinaus beinhaltet dieses Amt auch die Teilnahme an Sitzungen der Landesarbeitsgemeinschaft der Werkstatträte (LAG) oder die Teilnahme an öffentlichen Veranstaltungen wie z.B. Mobil ohne Auto (MOA).

Neben der Arbeit habe ich sehr viele Termine, denn ich gehe viermal in der Woche jeweils zwei Stunden zur Ergotherapie und zur Krankengymnastik, um meine Spastik zu mindern. Zweimal bin ich während meiner Arbeitszeit dort. Manchmal bin ich auch »Übungs-Patient« bei Prüfungen von Auszubildenden.

Während meiner Arbeit in der GWW bin ich auch regelmäßig in der Öffentlichkeit tätig, ich gebe Power-Point-Präsentationen als Einführungslehrgänge für neues Personal und nehme an Handicap-Tagen an Schulen teil, bei denen ich anschließend mit den Schülern meine Erfahrungen austausche.

Natürlich ist das aufgrund meiner Sprachbehinderung nur mit Begleitung möglich. Selbst die Lehrer sind immer von der Beteiligung ihrer sonst so desinteressierten Schüler überrascht.

Unter anderem bin ich noch für die Aktion »unbehindert miteinander« tätig. Diese Aktion wird von der Lebenshilfe und der Diakonie getragen. Die GWW unterstützt mich hierbei, sodass ich diese Tätigkeit auch während der Arbeitszeit ausüben kann. Ich bekomme auch jederzeit die notwendige Begleitung oder sie ermöglichen mir die Fahrten usw. Nur aufgrund dieser Hilfen ist es mir möglich, mich aktiv zu beteiligen.

Bei der Aktion »unbehindert miteinander« werden Gaststätten und Einzelhandelsgeschäfte in Bezug auf ihren Umgang mit behinderten Menschen bewertet. Ich besuche diese Gaststätten und Geschäfte, mache mir einen Eindruck von deren »Kundenfreundlichkeit« und bewerte diese. Eine behindertengerechte Ausstattung ist nicht immer ausschlaggebend, sondern der Umgang. Man merkt sofort, wie die Bedienung auf einen zugeht. Manche reden dann nur mit der Begleitperson, beachten einen gar nicht. Es kommt mir manchmal so vor, als wenn sie Scheu davor hätten.

Außerdem bin ich auch noch im Beirat der Lebenshilfe Nagold tätig. Ich habe früh gemerkt, dass ich Stärken im Organisieren habe.

Alles selbstständig und eigenhändig zu machen ist mir zwar nicht möglich, aber wozu gibt es denn

»Hilfskräfte«! Ich kompensiere meine »Defizite« indem ich konsequent Hilfe an- und einfordere. Ich finde immer meine persönliche »Assistenz«, sei es bei der Arbeit oder im Privaten. Und dafür bin ich auch dankbar, dass es immer Menschen gibt, die mich unterstützen.

Dankbar bin ich natürlich auch über den Fortschritt der Technik, die mir trotz meiner Defizite vieles ermöglicht. Die Begeisterung für Computer hat mich beinahe mein ganzes Leben begleitet. So erstaunt es mich nicht, dass ich schon während meiner Schulzeit intensiv mit diesem Wunder der Technik in Kontakt gekommen bin und mich aktiv damit beschäftigt habe. Vieles konnte ich selbstständig ausführen, da ich lernte, mich an Symbolen in den Programmen oder verschiedenen Tastenkombinationen zu orientieren.

Doch durch meine Leseschwäche gelang es mir nicht, E-Mails oder sonstige Texte zu verstehen, was mir den Umgang mit den Computern erschwerte. Oft mussten meine Mutter, Schwester oder andere Personen um mich herum mir den Text vorlesen, um mir dadurch weiterhelfen zu können.

Mit dieser Situation wollte ich mich nicht zufriedengeben. Ich dachte, es müsse doch eine Möglichkeit für mich geben, wie ich mir diese Texte auf dem Bildschirm irgendwie vorlesen lassen kann. Jedoch gestaltete sich die Suche nach einer Lösung dieses Problems als mindestens genau so schwierig wie das Problem selbst. So begab ich mich in beinahe jedes Fachgeschäft, das ich kannte, durchforstete das

Internet und fragte überall nach Software, die zur Lösung meines Problems hätte beitragen können.

Nach fünf Jahren der Suche kam der helfende Hinweis aus der eigenen Verwandtschaft. Der Mann meiner Schwester erzählte mir von einem Bekannten, der eventuell ein Programm wüsste, das Texte vorlesen könnte. Und tatsächlich war diese Software genau das, nachdem ich nun fünf Jahre vergeblich gesucht hatte. Dieses technische Gerät nennt man „Voice Reader". In diesem Programm liest mir eine Menschenstimme all meine Texte und Wörter laut auf dem Computer vor. Ich war überglücklich!

Es ist sehr angenehm, mir Texte damit vorlesen zu lassen, die Software spricht in einer fast menschlichen Stimme zu einem, nicht wie bei anderen Programmen.

Leider verging ein geschlagenes halbes Jahr, bis der Kostenträger den Antrag auf Genehmigung des Programms gewährte. Doch mittlerweile hat jeder aus meinem Umfeld erkannt, wie wichtig die Software für meine tägliche Arbeit ist und was sie zu meiner Eigenständig- und Unabhängigkeit beigetragen kann. Ich bin damit in der Lage, ohne fremde Hilfe, E-Mails zu verstehen und mich im Internet zurechtzufinden. Dieses Programm hat mir definitiv ein Stück zusätzliche Lebensqualität beschert.

Vor über einem Jahr gab es im Unternehmen ein Gespräch zwischen den Fachkräften und mir. Ich sollte zukünftig weniger im Büro und dafür mehr im

Montagebereich arbeiten. Die Aussage der Chefs lautete, dass die Arbeit im Büro die Fachkräfte erledigen könnten und sollten.

Meine Unterstützung wurde nicht mehr benötigt, was mich sehr getroffen hat, denn ich habe immer mein Bestes gegeben und versucht, noch zusätzlich anderen zu helfen. Ich war sehr verletzt und kam mir überflüssig und nutzlos vor.

Als kurze Zeit später aber Not am Mann war, sollte ich meine Bürotätigkeiten wieder komplett übernehmen.

Nun sorge ich erneut dafür, dass die Aufträge rechtzeitig bearbeitet, fertiggestellt und ausgeliefert werden. Ich bekomme im Büro zwar Unterstützung, aber den Überblick über alle Aufträge und Lieferungen habe nur ich. Da mir diese Arbeit sehr viel Freude bereitet, hoffe ich, dass ich weiterhin im Büro arbeiten kann.

## Vermittlungen auf den Allgemeinen Arbeitsmarkt

In der GWW (Gemeinnützige Werkstätten und Wohnstätten) arbeiten Menschen mit Behinderung und Menschen ohne Behinderung zusammen. Die GWW ist eine gemeinnützige Gesellschaft, die von den Landkreisen Calw und Böblingen sowie auch den Städten in den Landkreisen und von Vereinen der Behindertenhilfe (z. B. der Lebenshilfe) gegründet wurde. Die GWW bietet Menschen mit Behinderungen Arbeitsplätze und andere Hilfen an. Dafür gibt es in verschiedenen Städten Werke mit vielen Arbeitsplätzen.

Die Arbeitsplätze sind sehr wichtig, da leider nicht alle behinderten Menschen in Betrieben auf dem Allgemeinen Arbeitsmarkt arbeiten können.

Dabei können wir so viel leisten. Das erkennen die Unternehmen auch oft, aber trotzdem werden nur wenige Behinderte eingestellt. Wir arbeiten wie alle anderen Mitarbeiter auch die kompletten acht Stunden. Unser Arbeitstag hat etwas mehr Pausen. Aber wir sind jeden Tag, die ganze Woche über, im Betrieb. Leider verdienen wir weniger als die Leute auf dem Allgemeinen Arbeitsmarkt. Dabei leisten wir viel.

Wenn Firmen verschiedene Dinge in einer Werkstatt für behinderte Menschen wie der GWW herstellen lassen, können sie einen Teil der Rechnung auf die Ausgleichsabgabe anrechnen lassen. Die

Ausgleichsabgabe müssen Unternehmen zahlen, wenn sie zu wenige Menschen mit Behinderung einstellen.

Schade, dass manche Arbeitgeber lieber die Ausgleichsabgabe bezahlen, als behinderte Menschen einzustellen. Darum ist es für uns auch nicht so einfach, einen Arbeitsplatz auf dem Allgemeinen Arbeitsmarkt zu finden.

## 14. Chronologie der Schritte in die Öffentlichkeit

- Podiumsdiskussion im Kubus

  In dieser Diskussion befassten sich die anwesenden Personen mit dem Thema „Menschen mit Behinderung". Es wurde besprochen, wie oft jemand krank sein darf, wenn man psychisch behindert ist.

- Power Point Präsentationen in der GWW

  In diesen Präsentationen habe ich selbst mich und mein Leben vorgestellt, von der Geburt an bis heute. Hierdurch wurden die Schulen auf mich aufmerksam. Es gab reichlich Interessenten.

- Teilnahme an Einführungslehrgängen und Handicap-Tagen an Schulen

  In diesen Lehrgängen geht es darum, das neue Personal zu schulen und einzuarbeiten.

  Den Schülern wird anhand von Folien aufgezeigt, was es heißt behindert zu sein. Man will den Kindern ermöglichen, respektvoller mit solchen Menschen umzugehen.

- Teilnahme an verschiedenen Projekten

  Durch das ständig wachsende Interesse vieler Organisationen oder Schulen nimmt meine Teilnahme an verschiedenen Festen oder Veranstaltungen (MOA) zu.

- Einladung zur Buchvorstellung „Mehr vom Leben" durch Hella von Sinnen / Dirk Bach

  Auf dieser Veranstaltung wurde das Buch vorgestellt und verkauft. Einige Tage später habe ich eine Anfrage von einer Bibliothek in Leonberg erhalten, dort mein Kapitel vorzulesen.

- Wachsendes Interesse an meiner Person

  Da sich sehr viele Menschen für das Thema „Leben mit einer Behinderung" oder auch für meine Person interessieren, reifte in mir der Entschluss, alles in einem Buch zusammenzufassen und zu verarbeiten.

## 15. Mein zweiter Kuraufenthalt mit tollen Erinnerungen

In Rumänien mussten meine Familie und ich für mein Dasein und meine Rechte viel kämpfen. Aber auch in Deutschland ist nicht alles Zuckerschlecken.

Auf eine Kur, die eigentlich circa alle drei Jahre genehmigt wird, musste ich fünf Jahre warten. Es war ein zäher und harter Bürokraten-Kampf, bis ich letztendlich meine gewünschte Kur antreten konnte – wenn man bedenkt, dass ich mich früher immer mit Händen und Füßen gegen eine Kur und meine Mutter gewehrt hatte.

Die Kur ist für mich nicht nur zum Erhalt meiner körperlichen Fitness und Fähigkeiten notwendig, sondern aufgrund des mehrwöchigen Aufenthalts auch eine besondere Gelegenheit, Leute näher kennenzulernen.

In meiner vorletzten Kur habe ich zum Beispiel so tolle Leute kennengelernt, dass wir uns regelmäßig nach den Anwendungen trafen, miteinander essen gingen und auch sonst viel Spaß zusammen hatten. Der Abschied fiel uns damals allen sehr schwer.

Ich vergesse nie, wie ich von allen überrascht wurde. Die erste Überraschung kam ganz unverhofft für mich, nach einer Anwendung. Ich wurde nach draußen geführt und dort wartete bereits meine Gruppe. Da stand ein super schönes Motorrad mit drei Rädern, ein sogenanntes „Trike", und einem Fahrer.

Ich konnte es nicht fassen, und mir fiel sofort ein, dass ich diesen Wunsch, mal Motorradfahren zu können, einem aus der Gruppe gegenüber irgendwann erwähnt hatte.

Doch nie hätte ich daran geglaubt, dass dieser Wunsch in Erfüllung geht. Und jetzt war es so weit – ich war sprachlos. Alle freuten sich mit mir und ich strahlte nur noch. Eine halbe Stunde lang durfte ich das Gefühl des Motorradfahrens genießen.

Ich werde es nie vergessen.

Das war nicht die einzige Überraschung, denn am Abend folgte schon die nächste.

Wir trafen uns alle wie üblich in der Kantine zum Abendessen. Ganz normal, dachte ich zumindest, doch meine Gruppe hatte schon alles für eine gelungene Abschiedsparty vorbereitet. Wir feierten in fröhlicher Runde bis nach Mitternacht.

Am nächsten Tag, als meine Mutter mich abholte und wir schon am Gehen waren, kam die Gruppe nochmals zu mir und steckte mir einen Umschlag zu. Ich dachte zuerst an eine Abschiedskarte, doch in dem Umschlag befanden sich 300,00 €. Ich wollte das Geld erst gar nicht annehmen, doch sie bestanden darauf.

Ich hatte ganz schön zu knabbern nach der Abreise, denn diese Zeit in der Kur war eine sehr schöne Zeit, an die ich mich noch heute sehr gerne zurückerinnere. Ohne die Gruppe zurechtzukommen, fiel mir anfangs zu Hause nicht sehr leicht. So sehr hatte ich mich an die Gemeinschaft mit ihnen gewöhnt.

## 16.  Meine Freizeitaktivitäten

•    **Dreiradfahren**

In meiner Freizeit bin ich, trotz der vielen beruflichen Arbeit, gerne und häufig unterwegs. Bis vor kurzem besaß ich ein eigenes Dreirad für Erwachsene, damit war ich sehr mobil und legte auch einige Strecken zurück. Das Dreiradfahren hat mir immer viel Spaß gemacht.

Doch eines Tages fiel ich vom Dreirad und brach mir dabei das Schlüsselbein. Normalerweise kann man mit einem Dreirad nicht umfallen, doch ich habe es geschafft! Aber ich bin nicht aus heiterem Himmel umgefallen. Ein Fahrradfahrer ist an mir vorbeigerast, ich hatte ihn nicht kommen gehört und mich so erschreckt, dass ich samt Fahrrad umgefallen bin. Da lag ich dann und konnte mich nicht alleine hochrappeln, weil meine Beine an den Pedalen angeschnallt waren, denn sonst rutschen die Füße von den Pedalen.

Es hängt auch mit meiner Behinderung zusammen, dass ich bei jedem unerwarteten Geräusch oder einer Bewegung erschrecke.

Der Fahrradfahrer kam zurück und auch Autofahrer haben mir geholfen, boten sogar an, mich nach Hause zu fahren. Ich wollte nicht, weil mir nach dem Schock nichts wehtat und ich gar nicht bemerkte, dass ich mir das Schlüsselbein gebrochen hatte. Erst nach ein paar Tritten auf dem Rad begann es zu schmerzen.

Ich war immer ziemlich pünktlich zu Hause, weil mir meine Mutter vom Rad helfen und mich auch in die Wohnung bringen musste. Sie machte sich ständig Sorgen, und wie man erkennen kann, nicht ganz umsonst.

Mit dem gebrochenen Schlüsselbein bin ich noch ein paar Kilometer gefahren. Ich habe gedacht, ich schaffe es nicht mehr bis zur Wohnung. Meine Mutter, die vor Sorge schon fast durchgedreht war, kam mir bereits entgegen, schob mich nach Hause und brachte mich ins Krankenhaus. Nach diesem Sturz hatte ich Angst und fuhr nicht mehr.

Heute wohne ich an einem Hang, was mir das Fahrradfahren eh unmöglich macht. Also bin ich auf meinen Rollator umgestiegen und lasse mir dadurch meine Mobilität nicht nehmen.

- **Musicals/Konzerte**

Am liebsten besuche ich Musicals oder Konzerte. Interessiere ich mich für ein Angebot, angeregt durch z.B. Werbung oder einen Musiksender, mache ich mich unverzüglich auf die Jagd nach Eintrittskarten. Ich rufe bei einer Konzertagentur an und erkundige mich nach behindertengerechten Plätzen und deren Preisen. Am liebsten gehe ich natürlich mit Freunden oder Bekannten auf solch eine Veranstaltung. Wenn es aber nicht anders geht, mache ich mich alleine auf den Weg. Dabei kann es auch vorkommen, dass ich mir mein Recht erkämpfen muss.

Ich habe schon viele Musicals besucht, z.B. »Der Glöckner von Notre Dame« in Berlin oder »Der König der Löwen« in Hamburg.

Aber auch Live-Auftritte von Musikern, wie z.B. Whitney Houston oder Herbert Grönemeyer, machen mir sehr viel Spaß.

• **Rockkonzert**

Ich war wieder mal unterwegs zu einem Fest, auf dem die Rock-Band „The Woodpeckers" spielte. Ich war total begeistert, denn ich bin ein großer Fan von ihnen geworden. Wenn sie in der Nähe von uns auftreten, bin ich dabei.

Bei einem Auftritt fragte die Band das Publikum, ob jemand Interesse hätte, mit ihnen für ein Wochenende nach Tirol zu einem Motorradtreffen zu fahren. Wer mit will, solle sich bei ihnen melden, sie organisieren einen Bus und das Hotel. Ich habe gefragt, ob ich auch mitreisen dürfe und sie meinten, wenn ich jemanden hätte, der mich begleitet, wäre das kein Problem.

Meine Mutter fuhr mit. Es war schön, drei Tage nur Party und Gaudi. Das Wetter war leider nicht so gut, es hat geregnet und war ziemlich kalt. Es kamen auch nicht so viele Motorradfahrer wie erwartet.

## •    Fußball-Weltmeisterschaft

Zum Beispiel war ich 2006 in Stuttgart auf dem Schlossplatz, wo die Fußballweltmeisterschaft auf einer großen Leinwand gezeigt wurde. Mittags nach der Arbeit habe ich mich sofort mit unserer Fachkraft und unserem damaligen Zivi auf den Weg nach Stuttgart gemacht. Wir sind mit dem Auto hingefahren und haben außerhalb der Stadt geparkt. Während der Hinfahrt waren die Straßen bereits voll mit Leuten, die alle auf den Schlossplatz wollten, um das Spiel zu sehen. Mit der S-Bahn fuhren wir vom Parkplatz weiter Richtung Schloss-platz. In der S-Bahn herrschte ausgelassene Stim-mung, weil die Menschen schon vor dem Anpfiff begannen, die Mannschaft zu feiern.

Auf dem Weg zum Schlossplatz überkam mich das mulmige Gefühl, dass ich vielleicht gar nicht rein gelassen werde. Aufgrund der großen Men-schenmasse hatte ich auch Bedenken um meine Si-cherheit. Es befanden sich 17.000 Leute auf diesem Platz mit dem Ziel, das Fußballspiel zu verfolgen.

Ich habe noch nie zuvor so viele Fußballfans mit allem Drum und Dran auf einem Platz gesehen. Ich war fasziniert. In ganz Stuttgart nur Fans, aus Deutschland und allen anderen Ländern der WM-Teilnehmer, friedlich feiernd in der Stadt.

Deutschland spielte an diesem Tag im Viertelfi-nale gegen Argentinien. Sie lagen sogar 1:0 zurück. Als dann das Tor für Deutschland fiel, war das ein großartiges Ereignis. Alle jubelten und ich war unter ihnen. Deutschland gewann im Elfmeterschießen mit 4:2 und war somit im Halbfinale.

Hinterher haben wir alle zusammen ausgiebig den Sieg der deutschen Elf auf der Straße beim Schlossplatz gefeiert. Die Italiener gewannen am selben Abend ihr Spiel und kamen später zum Feiern dazu. Um Mitternacht machten wir uns auf den Heimweg und sahen auf dem Weg zur S-Bahn immer noch feiernde Menschenmassen.

Im Nachhinein bin ich froh, dass ich in Stuttgart dabei war, weil ich lange zweifelte, ob ich mich in diesen Menschenmassen zurecht finden werde. Ich hatte schon so meine Bedenken. Aber jeder nahm Rücksicht auf den anderen.

*2004 in Nagold*

Diese Rücksicht bringt auch sonst so manche Vorteile.

In Berlin, als die MOMA Kunstausstellung stattfand, bekam ich meine Behinderung als einen großen Vorteil zu spüren. Nicht nur für mich, sondern auch für meine Bekannte, die unbedingt die Ausstellung besuchen wollte, jedoch aufgrund des riesigen Andrangs und endlosem Anstehen an der Kasse das Vorhaben aufgab.

Erst als ich mich anbot, mit ihr in die Ausstellung zu gehen, kamen wir ungehindert und schnell hinein. Sie konnte es erst nicht glauben, doch sie wurde überzeugt, dass es auch manchmal von Vorteil sein kann, behindert zu sein.

• **Reisen**

Ein weiteres „kostspieliges" Freizeitangebot, das ich mir leiste, ist das Reisen. Ich war schon viel in der Welt unterwegs! Tirol, Mallorca, Tunesien und die Dominikanische Republik lauten nur einige meiner bisherigen Reiseziele.

Oft schloss ich mich einer Busgesellschaft an, wobei mir ein unschönes Erlebnis in Erinnerung geblieben ist. Als ich bei derselben Busgesellschaft erneut buchen wollte, hieß es, meine Mitreise wäre zu aufwendig. Ich wunderte mich darüber, da ich bei der letzten Fahrt meine Tasche selbst ins Zimmer trug. Doch der Busfahrer behauptete, er hätte meine Tasche ins Zimmer bringen und sie jedes Mal ein- und ausräumen müssen. Seine Aussage entsprach gar nicht der Wahrheit. Denn das habe ich alles selbst gemacht, weil ich dazu in der Lage bin. Anscheinend ist es einfach von manchen Personen schon zu viel verlangt, etwas Rücksicht auf gehbehinderte Menschen zu nehmen.

Das Einzige, wobei mir der Busfahrer half, war beim Ein- und Aussteigen, und hier musste er mir nur meinen Rollator aus dem Kofferraum bringen.

Während der Busfahrt gab es fünf Pausen und ich bin davon nur zweimal rausgegangen, weil ich nicht zu viel Arbeit verursachen wollte.

Ich habe mal eine viertägige Reise nach Berlin gebucht, um die Hauptstadt kennenzulernen und die Sehenswürdigkeiten anzuschauen. In Berlin wollte man mir meine Reservierung im Hotel streitig machen, aber erst, als mich das Empfangspersonal in voller Erscheinung sah. Dabei habe ich doch nur eine Gehbehinderung und sehe sonst, wie alle sagen, sehr ansehnlich aus. Erst als ich die Reservierungsbestätigung vorlegte, löste sich das Problem. Nach den anfänglichen Schwierigkeiten habe ich aber trotzdem das Beste aus der Reise gemacht.

Auch an meinem Wohnort hatte ich ein nicht sehr erfreuliches Erlebnis in einer Disco. Nachdem ich bereits über ein Jahr Stammkunde war, wollte mich der Türsteher plötzlich eines Tages nicht mehr in die Disco lassen. Er meinte, dass an diesem Abend nur eine geschlossene Gesellschaft Zutritt hätte. Was aber nicht stimmte, da ich viele Leute kannte, die nicht zu der scheinbar „geschlossenen

Gesellschaft" gehörten und trotzdem Einlass erhielten. Bis heute kenne ich den Grund seines Verhaltens nicht. Ich weiß nur, dass ich an diesem Abend sehr enttäuscht war.

Manchmal hab ich schon Lust, mal alles hinter mir zu lassen und etwas anderes zu erleben. So ging es mir auch, als ich eine Woche Mallorca für mich alleine buchte. Mallorca wählte ich aus dem Grund, weil ich wusste, dass dort viele Menschen Deutsch sprechen und das Reisebüro mich gut beriet.

Ich hatte schon so meine Zweifel und Ängste alleine auf Reisen zu gehen, doch es reizte mich, auch mir selbst etwas beweisen zu können. Viele meiner Bekannten und vor allem meine Mutter äußerten zu meinem Vorhaben die größten Bedenken, was es mir auch nicht gerade erleichterte oder mir Mut machte. Aber ich mich darüber hinweggesetzt und meine geplante Reise angetreten.

Eine interessante Erfahrung, die ich nicht missen möchte! Das Einchecken klappte noch prima ohne fremde Hilfe, und danach kam das von mir bestellte Flughafenpersonal und half mir mit meinem Gepäck in das Flugzeug. Das ist alles eine Frage der Organisation, was mir im Vorfeld schon bewusst war. Sonst wäre es für mich nicht möglich gewesen, alleine zu verreisen.

Die Hilfsbereitschaft und Unbeschwertheit dieser Menschen in Mallorca würde ich mir hier in Deutschland wünschen. Es würde vieles nicht so kompliziert machen.

Inklusion, dieses Riesenthema in Deutschland, ist dort im Herzen der Menschen und ganz normal, es wird einfach gelebt. Ich fühlte mich auf Mallorca als Gast wie jeder andere auch. In Deutschland ist das nicht so, obwohl sich die Menschen über Inklusion den Kopf zerbrechen. Immer wieder hörte ich die Zweifel von deutschen Touristen, wie ich trotz meiner Behinderung alleine so eine Reise nach Mallorca buchen konnte. Da sieht man, wie die Deutschen denken.

In Deutschland habe ich als Gast in einem Hotel immer das Gefühl unerwünscht zu sein, obwohl ich meine Hotelrechnung bezahle! Ich passe halt nicht so ganz in ihr Schema oder sie sind einfach mit Menschen mit Einschränkungen noch nie in Kontakt gekommen. Schade eigentlich, da haben sie viel versäumt.

Natürlich ist es einfacher und schöner für mich, wenn ich mit Begleitung reisen kann. Aber ich glaube, das ist normal und geht jedem so.

Einer meiner schönsten Urlaube war tatsächlich eine Reise mit noch 13 Personen. Wir waren im Mai 2003 in der Dominikanischen Republik. Meine Schwester mit Familie, gute Freunde und Bekannte reisten mit. Das Hotel, der Strand, das Meer und vor allen die einheimischen Leute waren klasse.

Ich hatte ein Doppelzimmer mit einem älteren Herrn, ich mit meiner Behinderung und mein Mitbewohner mit Parkinson. Am ersten Tag sind wir beide erst mal auf die Nase gefallen, ich denke durch die anstrengende Anreise hatten wir steife Glieder. Meine Schwester war davon nicht so begeistert und hat sich auf einen anstrengenden Urlaub eingestellt, doch zum Glück war dies nicht der Alltag. Wir hatten eine Menge Spaß zusammen. Ob am Strand, beim Baden, in den Bars oder beim Abendessen, wir haben uns immer köstlich amüsiert.

Sehr schön waren die zwei Ausflüge, einer auf die Insel Samana, mit zwei tollen Reisebegleitern. Durch ihre Unterstützung war es für mich auch leichter aufs Boot zu kommen und somit auf die Insel. Der andere Trip ging zu einem Einheimischen nach Hause, es war ein Erlebnis.

Dies waren zwei unvergessliche Wochen für mich, denn durch die Lage des Zimmers und die Gegebenheiten im Hotel war ich selbstständig und nicht immer auf Hilfe angewiesen.

Und nicht zu vergessen, in der Anlage gab es für die Gäste einen Wagen, der aussah wie ein Zug. Ich muss dazu sagen, dass das Hotelgelände ziemlich groß war. Wenn ich mal keine Lust hatte zu laufen – ihr könnt euch ja denken, wie ich bei diesen tropischen Temperaturen ins Schwitzen kam –, bin ich einfach mitgefahren.

Apropos, der Jetlag hat auch mich erwischt, doch schlimmer noch, ich hatte nach dem langen Heimflug zu Hause Probleme mit dem Laufen.

Im Jahr 2014 zog es mich schon wieder in die Dominikanische Republik. Zu meinem 40. Geburtstag bekam ich von meiner Nichte, meiner Schwester und deren Männern nichtsahnend ein Delphinschwimmen geschenkt.

Ich dachte, wir sehen uns in dem Park die exotischen Tiere an, aber ehe ich mich versah, wurde mir eine Schwimmweste angezogen und ich plantschte mit den Delphinen herum. Anfangs war mir ein wenig mulmig zumute, aber dann war ich von diesen schönen Tieren überwältigt. Schon immer habe ich mir gewünscht, Delphine mal aus der Nähe zu sehen – und jetzt fasste ich sie an und schwamm sogar mit ihnen.

## 17.  Teurer Freizeitspaß – Fahrrad

Ich habe das Fahrrad das erste Mal in Nagold gesehen. Sofort habe ich mir gedacht: solch ein speziel-
les Rad brauche ich auch. Bei meinem nächsten KG-
Termin habe ich mit meinem Physiotherapeut über
dieses Fahrrad gesprochen. Er war sich anfangs
nicht ganz sicher, ob ich damit zurechtkomme.

Daraufhin habe ich im Internet nach diesem Therapieliegedreirad recherchiert. Wir haben uns dann
einen Fahrradhändler ausgesucht und dort einen
Termin vereinbart. Am Anfang war es für mich sehr
schwierig, mit dem Fahrrad umzugehen, aber wie
das so ist, lernt man es ziemlich schnell.

Auch mein Physiotherapeut war begeistert und
gab mir das Okay für dieses Rad. Er sprach auch sofort mit meinem Arzt, weil dieses Fahrrad auch eine
therapeutische Wirkung erfüllt. Dies bestätigte
auch mein Hausarzt, woraufhin er mir ein Rezept
für dieses Spezialrad ausstellte.

Jetzt fingen die Probleme erst an.

Ich reichte das Rezept bei meiner Krankenkasse
ein und prompt bekam ich eine Absage, da das Therapieliegedreirad aus Sicht der Krankenkasse nicht
wirtschaftlich ist und keine therapeutischen Zwe-
cke bedient.

Daraufhin schrieben der Sozialdienst meines Ar-
beitgebers und ich einen Widerspruch. Dieser
wurde wieder abgelehnt, diesmal mit der Begrün-

dung, dass nur Kinder ein Recht auf ein Therapieliegedreirad haben. Irgendwie habe ich schon den
Glauben aufgegeben, ein solches Fahrrad zu bekommen. Für mich wäre diese Anschaffung aufgrund der hohen Kosten unerschwinglich gewesen.

Meine letzte Hoffnung war dann mein Hausarzt,
dieser schrieb mir sofort eine zwei Seiten lange Be-
gründung, warum ich dieses Therapieliegedreirad
benötige. Aufgrund dieses Schreibens veranlasste
die Krankenversicherung einen Widerspruchsaus-
schuss. Dieser bewilligte mein Therapieliegedreirad zu therapeutischen Zwecken.

Glücklicherweise war mein Hausarzt sehr
freundlich und bemühte sich außerordentlich, dass
ich das Rad bekomme. Ohne seine Hilfe wäre es unmöglich gewesen.

Jetzt, wo alles zum Greifen nahe war, bekam ich
Zweifel. Irgendwie war ich mir nicht mehr ganz sicher, ob ich das Fahrrad richtig einsetzen kann. Es
kamen mir wieder die Gedanken, ob ich das Rad für
das nutzen kann, wofür ich es mir vorgestellt habe.
Natürlich war auch der Preis ein Faktor um den ich
mich sorgte, denn ich wollte nicht so viel Geld in
den Sand setzen.

Voller Vorfreude und doch mit einem Zweifeln
fuhr ich zu meinem Fahrradhändler. Dort bespra-
chen wir alles Wichtige für die Ausstattung meines
Spezialrades.

Es dauerte fast einen Monat, bis mein Fahrrad
abholbereit war. In dieser Zeit kamen mir immer

wieder Bedenken, ob es die richtige Entscheidung war, mir ein solches Therapieliegerad anzuschaffen.

Als ich mein Fahrrad abholte, durfte ich natürlich gleich meine erste Probefahrt machen. Das Problem war nur: das Rad ließ sich nicht bewegen. Alle dachten es liegt an mir. Dann stellte der Fahrradhändler fest, dass es gar nicht mein Fehler war. Er versuchte eine Stunde alles, um das Fahrrad gangbar zu machen. Ich zweifelte immer mehr daran, dass es das richtige Rad für mich ist.

Aber auf einmal schrie der Fahrradmechaniker auf: „Die Handbremse!"

Wir waren also eine Stunde lang damit beschäftigt gewesen, die Handbremse zu lösen. Eine sehr lustige Startschwierigkeit.

Als ich die ersten Runden gefahren bin und meine Zweifel komplett verflogen waren, war ich sehr erleichtert.

Die erste Woche bin ich nur vor der Haustüre hoch- und runtergefahren. Ich musste mich erst an das Fahrrad gewöhnen, wie es bremst und sich in der Kurve verhält. Mein Rad parkte ich immer in der Tiefgarage. Das ging sechsmal gut. Am siebten Tag wollte ich wieder in der Tiefgarage parken und es an diesem Tag selbst probieren, zuvor hat meine Mutter mir stets dabei geholfen.

Doch dieses Mal bin ich von der Bremse abgerutscht und voll gegen die Mauer gefahren. „Mein erster Unfall". Gott sei Dank ist mir nichts passiert, aber mein Fahrrad musste in die Werkstatt. Die Fahrradgabel war verbogen. Der Schock vom Unfall saß mir tief in den Knochen, ich war ein paar Tage total fertig. Die Reparatur kostete 500 €, einen Teil hat meine Versicherung bezahlt und einen Teil ich.

Nach diesem Unfall bin noch vorsichtiger gefahren und es ist mir Gott sei Dank bis jetzt noch nichts Weiteres passiert.

Durch das Fahrrad bin ich viel mobiler geworden, das kann man auch an meiner Fahrleistung erkennen. Inzwischen bin ich schon über 1.250 Kilometer damit gefahren, in der Zeit zwischen Mai und Oktober 2012.

## 18. Unternehmungen mit meinem großen Freundeskreis

Die Wochenenden sind oft durch Unternehmungen mit meinem großen Freundeskreis ausgefüllt. Es war es auch nicht ganz so einfach, einen Kreis von guten Freunden aufzubauen. Früher habe ich das Gefühl von enger Freundschaft nicht gekannt, hatte immer das Gefühl, nicht auf gleicher Ebene mit den anderen zu sein.

Doch heute kann ich mit meinen Freunden ganz unbeschwert umgehen, mit ihnen quatschen, lachen und auch mal streiten, eben ganz normal.

Bei meinen Freunden merke ich, dass auch sie Probleme haben und im Leben nicht immer alles glatt läuft. Manchmal kann ich ihnen sogar einen Ratschlag geben. Freundschaft ist einfach ein Geben und Nehmen.

Meine aktuelle beste Freundin und Gesprächspartnerin lernte ich bei der Arbeit kennen. Sie war eine junge Frau im sogenannten „Freiwilligen sozialen Jahr" und ich hatte beruflich ab und zu mit ihr Kontakt.

Per Zufall haben wir uns dann öfters privat in Nagold beim Ausgehen in verschiedenen Lokalen getroffen und dabei auch private Gespräche miteinander geführt. Durch ihre Ausbildung bei uns in der GWW vertiefte sich dieser freundschaftliche Kontakt.

Außerdem hatte sie einen Nebenjob in einer

Gaststätte bei mir im Ort, und fast jedes Mal, wenn sie kellnerte, war ich als Gast da. Unsere Freundschaft vertiefte sich immer mehr.

Als dann ihre dreijährige Ausbildung dem Ende zuging und die Prüfung vor der Tür stand, wurde mir plötzlich bewusst, dass sie eventuell ihre zukünftige Arbeitsstelle woanders haben könnte. Doch dann hat sie sich auf eine freie Stelle als Fachkraft bei uns in der GWW beworben.

Als Werkstattrat durfte ich an diesem Vorstellungsgespräch teilnehmen und bei der Entscheidung mitwirken, (wobei mein Votum hier schon von Anfang an klar war). Trotz der Freundschaft traf ich meine Entscheidung auf rein beruflicher Basis. Sie hinterließ fachlich einen sehr guten Eindruck, doch bei den gestellten Fragen war mir mit einem Mal ganz klar, dass, wenn sie diese Stelle bei uns nicht bekommt, unsere Freundschaft vorbei sein wird.

Zwei Tage später durfte ich bei ihr in der Schule einen Vortrag über mein Leben halten. Bei dieser Gelegenheit nahm ich sie beiseite und erklärte ihr meine Ängste über den Fortbestand unserer Freundschaft.

*Bei meinem Vortrag über mein Leben*

Zum Glück war ihre fachliche Qualifikation so gut, dass sie bei uns in Nagold eine Anstellung im För- der- und Betreuungsbereich bekam. Mit dieser Ar- beitskollegin verabredete ich mich, z.B. zu einem Faschingsumzug.

Erst danach beichtete sie mir ihre Bedenken. Sie hatte Angst, wie mich ihr Freundeskreis aufnehmen würde.

Doch es war erfreulicherweise ganz anders als sie dachte. Als sie nämlich am Abend nach dem Umzug die Halle kurz verließ und wieder zu uns zurückkam, hatten wir alle schon viel Spaß zusam- men, worüber sie sehr erleichtert war. Alle nahmen mich in ihrer Mitte auf. Aus diesen Bekanntschaften entwickelten sich richtige Freundschaften. Und

gute Freunde feiern natürlich Geburtstage, Polterabende und Hochzeiten zusammen.

Gemeinsam mit ihr und einer weiteren Freundin
war ich ein Wochenende in Köln. Sie hatte für uns
damals sogar eine große, sehr erfreuliche Überraschung vorbereitet. In Köln gibt es eine große Brücke über dem Rhein, welche die Kölner Stadtteile
miteinander verbindet.

An dieser Brücke können Verliebte und gute
Freunde Schlösser mit ihren Namen oder Initialen
für die Ewigkeit anbringen und anschließend wirft
man den Schlüssel gemeinsam in den Rhein.

So haben wir das auch gemacht. Obwohl es nur
ein „Schloss" war, hatte dieser Moment für mich
eine sehr große Bedeutung. Ich bekam Gänsehaut,
weil ich so etwas nie erwartet hätte.

Ich fühlte mich in diesem Moment auf dieser
großen Rheinbrücke ganz klein und überwältigt,
weil ich nun symbolisch für die Ewigkeit mit ihr
verbunden bin, was mir sehr viel bedeutet.

Mir kamen vor lauter Rührung die Tränen, doch
erfreulicherweise nicht nur mir. Auch meine Freundin musste mit den Tränen kämpfen. Es war ein be-
wegender Moment für uns, den wir nie in unserem
Leben vergessen werden.

*Auf der Rheinbrücke in Köln mit zwei Freundinnen*

Ich habe mich ein halbes Jahr später revanchiert. Vor einem gemeinsamen Besuch bei den SWR3-Live-Lyrics, einer Veranstaltung, bei der von professionellen Schauspielern englische Songs ins Deutsche übersetzt werden, habe ich an den Radiosender SWR3 eine E-Mail geschickt.

Ich erklärte in kurzen Worten meine Freundschaft zu meiner Begleiterin und habe SWR3 gebeten, einen Dankesbrief von mir vorzulesen. Natürlich während der Vorstellung. SWR3 war sofort dabei und sie haben meine Dankesworte in ihr Programm integriert.

Und zwar folgendermaßen: Nach der Pause kam der Moderator auf die Bühne und sprach von einer eingegangenen E-Mail über Freundschaft.

Ich wusste, jetzt ist es soweit.

Meine Freundin ahnte noch nichts.

Der Moderator fragte, ob ein gewisser Jimmy Liebermann anwesend sei. Nachdem ich mich im Publikum zu erkennen gab, kam er von der Bühne zu uns. Meiner Freundin wurde dann klar, dass es wohl um unsere Freundschaft ging und ich ihr auf diesem Wege Danke sagen wollte, für alles, was sie für mich in den letzten Jahren getan hat.

Sie sollte nach meinen Dankesworten ebenfalls noch etwas ins Mikrofon sprechen, doch ihr fehlten die Worte, die Gefühle trieben ihr Tränen in die Augen und ihre Stimme versagte. Sie freute sich so sehr und war so stolz, wie ich es gehofft hatte.

Eine Aktion, die ihre gewünschte Wirkung vollkommen erzielte und meinen Dank an meine Freundin bis ins letzte Detail traf.

Auf diese Freundschaft bin ich sehr stolz, weil wir auch schon zusammen sehr viel erlebt und durchgemacht haben. Es ist wirklich eine echte, ehrliche und wahre Freundschaft entstanden, die mir auch unheimlich Kraft und Mut fürs Leben gibt.

Wenn ich Kummer habe, etwas niedergeschlagen bin, ein Gespräch suche oder einfach nur etwas erzählen will, ist sie immer da, hört zu, muntert auf oder freut sich einfach mit mir.

Hat sie einmal nicht sofort Zeit für mich, was selten vorkommt, reicht es mir schon, die vielen Bilder und Fotos anzusehen, die es von unseren gemeinsamen Aktivitäten und Erlebnissen gibt, und schon geht es mir ein bisschen besser. Ich traue mich gar nicht daran zu denken, dass diese Freundschaft auch einmal schwächer werden könnte.

Ich weiß, gerade in meiner Situation sind Freunde sehr wichtig. Genau aus diesen Gründen freue ich mich auch immer, wenn ich anderen Menschen Kraft und Mut zusprechen kann, denn jeder hat so seine Probleme, die man im Leben zu bewältigen hat. Wenn man in solchen Situationen dann keinen hat, der mit einem sozusagen durch dick und dünn geht, kommt man schnell auf blöde Gedanken und hat nicht genug Kraft, das alles zu stemmen.

Um mich trotz meiner körperlichen Beeinträchtigung wohlzufühlen, benötige ich nicht viel im Leben. Die Kontakte zu anderen machen mich einfach glücklich. Selten geben mir diese Menschen das Gefühl unerwünscht zu sein. Deshalb gehe ich auch ganz offen auf andere Leute zu und bin sehr kontaktfreudig. Ich denke, das macht es auch den anderen Menschen leichter auf mich zuzugehen. Inzwischen bin ich in unserer Stadt bekannt wie ein bunter Hund!!

Doch meine Freundschaften gehen noch weiter – auch in die Ferne zieht es mich immer wieder. Ich besuche regelmäßig meine Freunde aus Bayern und Marburg.

Bei einer Geburtstagsfeier in Bayern entstand

eine sehr gute Freundschaft mit einer alten Bekannten aus Rumänien. Die Freundschaft hat sich im Laufe der Zeit immer mehr gefestigt. Durch meine Sprachschwierigkeiten hatte ich anfangs große Skepsis, dass sie mich am Telefon versteht. Doch ich hatte mich gründlich getäuscht, denn bei inzwischen vielen stattgefundenen Telefonaten habe ich das Gegenteil erfahren.

Mittlerweile habe ich mit dieser Freundin aus Bayern regelmäßigen Kontakt und besuche sie ab und zu. Die Entfernung ist leider zu groß, sodass wir uns nicht so oft, wie ich es gerne hätte, treffen können.

Ich freue mich, am Telefon von ihr zu hören, aber der persönliche Kontakt fehlt mir, wie ich feststellen musste. Unsere Gespräche sind anders, wenn wir uns unter vier Augen unterhalten – man lacht anders, man nimmt sich anders wahr.

Seit wir in Deutschland sind, veranstalten wir, das heißt die Leute aus unserem Dorf in Rumänien, alle zwei Jahre ein Treffen in Schwabach. Das ist immer schön, wenn man alte Bekannte trifft, sich austauscht und über alte Zeiten reden kann. Auch der neueste Tratsch und Klatsch hat so seinen Reiz, zu hören, was jeder tut und macht im Laufe der Jahre. Da wird geredet, gelacht und getanzt.

## 19.  Die Ballonfahrt

Ein unvergessliches Erlebnis war die Ballonfahrt, die ich zu meinem 30. Geburtstag geschenkt bekam. Meine Familie schenkte mir die Fahrt in der Luft. Doch weil ich alleine nicht teilnehmen durfte, musste ich jemanden suchen, der mich begleitet. Das war gar nicht so einfach, weil viele Angst davor hatten. Ich konnte eine Fachkraft überzeugen, mich zu begleiten. Die Veranstalter fühlten sich damit wohler. Wir brauchten fünf Anläufe, bis es endlich zur Ballonfahrt kam, weil das Wetter uns immer einen Strich durch die Rechnung machte.

Doch eines Tages klappte es. Es herrschte dort oben in der Luft eine totale Stille und die Menschen auf der Erde wurden kleiner und kleiner. Beeindruckend war es auch, dass, wenn mehr Feuer in den Ballon strömte, wir dadurch immer höher flogen. Ich sah vom Ballon aus Tiere in der Natur herumspringen, die ich sonst nie gesehen hätte. Auch der Sonnenuntergang von da oben war ein Erlebnis, das werde ich nie vergessen.

Es war ein tolles Geburtstagsgeschenk mit anschließender Taufe. Und seit dem Flug trage ich den Titel: Baron Jimmy, der in Sindelfingen in den Weidenkorb stieg, übers schöne Neckartal fuhr und als glücklicher Himmelsstürmer (Höhe 1120 Meter) wieder landete.

Ich flog auch schon zweimal in einem Hubschrauber mit. Das waren auch einprägende Erlebnisse. Das erste Mal bin ich bei einer Messe mit dem Hubschrauber in die Luft gestiegen. Es gab das Angebot, sich Nagold und Umgebung aus der Luft anzuschauen. Dies nahm ich in Verbindung mit dem Flug in einem Hubschrauber gerne an. Ich bin froh darüber, dass mich der Besitzer mitgenommen hat und ich das miterleben durfte.

Das zweite Mal stieg ich wieder in Nagold in die Lüfte und schaute mir ganz Nagold von oben an. Das war etwas ganz anderes als mit dem Ballon. Im Hubschrauber ist es total laut und in den Lüften im Ballon ganz leise. Doch beides ist auf seine Art und Weise ein super Erlebnis, das ich nicht bereut habe.

## 20.  Kleine Enttäuschungen

Natürlich erreiche ich auch nicht alle Ziele, die ich mir vornehme. Ich bewarb mich zum Beispiel auch schon einmal bei „Wetten, dass …?", was aber aufgrund meiner zu kurzen Wette leider nicht klappte. Ich wollte einfach allen zeigen, dass ich im Spiel Solitär ein Meister bin, da ich es in 1 Minute und 50 Sekunden schaffte. Für mich war das eine Leistung.

Auch bei Guildo Horn hatte ich kein Glück. Ich fuhr dafür extra mit meiner Freundin zum Casting nach Stuttgart, doch ich glaube, dass es letztendlich an meiner Sprachbehinderung lag, dass sie mich nicht auswählten.

Auch war ich einmal mit einer guten Freundin in einem großen Konzert bei „Pur" und dachte mir, dass das doch die Gelegenheit wäre, meine Freundin zu überraschen. Ich wollte etwas Besonderes für sie machen. Doch leider hatte die Band für solche Wünsche zu viele Nachfragen, sodass sie bei mir keine Ausnahme machen konnten.

Meine Praxis für Physiotherapie, in der ich nach wie vor behandelt werde, plante einen Praxisausflug zum Musical „Das Phantom der Oper" ins SI-Zentrum in Stuttgart. Da sie kurzfristig eine Karte übrig hatten, wurde ich eingeladen und nahm die Einladung auch gerne an.

Kurz vor Beginn des Musicals dann die böse

Überraschung: Das Sicherheitspersonal im Saal wollte mich aufgrund meiner Behinderung nicht auf dem reservierten Platz sitzen lassen. Wörtlich bekamen wir zu hören: „Bei uns sitzen Behinderte in der letzten Reihe". Meine Begleiter haben einen ziemlichen Aufstand geprobt, mit dem Ergebnis, dass alle Besucher in derselben Sitzreihe aufrutschen mussten, um mich am seitlichen Ende der Reihe, in der Nähe des Ausgangs, sitzen zu lassen. Sonst wäre die Sicherheit bei einer Panik nicht gewährleistet – obwohl ich sicher schneller aus einem Raum komme als manch andere Menschen mit Behinderungen.

Peinlich war allerdings, dass diese Diskussion mit dem Sicherheitspersonal so lange gedauert hat, dass sogar das Musical wegen uns nur mit Verzögerung beginnen konnte. Doch meine Begleiter sagten einstimmig, dass wir uns alle nur hinsetzen, wenn auch ich hier Platz nehmen darf.

Das eigentlich Unverständliche daran ist, dass ich schon öfters bei Musicalbesuchen im SI-Zentrum war, ohne spezielle Behindertenkarte, und es gab bis dahin nie Probleme.

# 21.  Glück

„Glück besteht nicht in einer bestimmten und auf jeden zutreffende Definition, denn jeder Mensch ist seines Glückes selbst Schmied." (Quelle unbekannt)

Mit diesen Worten möchte ich gerne in das Kapitel Glück einsteigen, welches in allen Lebenssituationen zu mir passt. Für mich bedeutet Glück, dass ich trotz meiner kleinen Einschränkung auf der Welt sein kann oder darf. Ich komme sehr gut damit zurecht. Jeder muss sich so nehmen, wie er ist. Meiner Meinung nach wissen die meisten Leute gar nicht, was man vom Leben hat. Für mich bedeutet das Wort Glück sehr viel, denn ich kann mich auch an den kleinen Dingen des Lebens erfreuen, über die sich nicht alle „normalen" Menschen freuen können.

• **Freunde, Veranstaltungen**

Freunde sind mir sehr wichtig und somit auch mein Glück. Aufgrund meiner Behinderung findet man in der Regel nicht so schnell viele Freunde bzw. man weiß nicht, ob es wirklich wahre Freunde sind.

Meiner Meinung nach kann man schlecht abschätzen, wenn man einen Menschen kennenlernt, ob dieser wirklich dein Freund sein will oder nur darauf aus ist, günstiger und schneller an irgendwelche Veranstaltungen oder ähnliches zu gelangen. Denn als behinderter Mensch bekommt man oft Vergünstigungen und Sitzplätze ganz vorne.

Nun habe ich jedoch das Glück, dass ich einen sehr großen Freundeskreis habe und manchmal gar nicht weiß, was ich heute mit wem unternehmen soll. Hierdurch bin ich sehr offen und unvoreingenommen gegenüber anderen Menschen.

Ich komme praktisch in der Welt herum wie ein bunter Hund, sodass mich in meinem Wohnort schon jeder mit dem Namen kennt.

- **Verwandtschaft/Familie**

Meine Familie und Verwandtschaft ist mir sehr wichtig. Regelmäßige Besuche sind für uns sehr bedeutend. Im Laufe der Jahre hat jeder sein eigenes Leben aufgebaut und seine Familie gegründet.

Zu meiner Mutter habe ich sehr guten Kontakt. Wir leben zusammen in einer Wohnung. Ich bin sehr froh, dass es sie gibt, denn sie unterstützt mich in jeder Hinsicht.

Zu meinem Vater allerdings habe ich keinen Kontakt mehr. Ich weiß nur wo er wohnt. Aber eigentlich ist mir das auch egal.

Zu dem Rest der Familie, also Onkel oder Tanten, kann ich nicht sehr viel sagen, da wir uns nur ganz selten sehen oder kommunizieren.

Meine große Schwester ist verheiratet und hat ein Kind. Meine kleine Schwester ist ebenfalls bereits verheiratet und hat schon zwei Kinder. Bei meinen Schwestern war es selbstverständlich für mich, dass sie eine Familie gründen.

Doch als meine Nichte (die Tochter meiner Schwester), die noch viel jünger ist als ich und schon verheiratet ist, berichtete, dass sie in Kürze ihr erstes Kind erwartet, hat mich das sehr traurig gemacht. Als ich das mitbekommen habe, habe ich mich natürlich für sie gefreut, aber im gleichen Atemzug ist mir auch bewusst geworden, dass ich wohl nie in diesen Genuss kommen werde. Ich bin zwar stolzer Onkel, jedoch fehlt mir die richtige Frau fürs Leben, mit der ich auch gerne eine eigene Familie gründen möchte. Da ich nicht mehr der Jüngste bin, wird das Thema Kinderwunsch bei mir wohl kaum noch klappen. In dieser Hinsicht hatte ich wohl leider bis heute noch kein Glück.

- **Mobilität**

Durch meine Behinderung kann ich selbst leider keinen Führerschein machen und werde somit nie in den Genuss des Autofahrens kommen. Eine große Hilfe bzw. Erleichterung ist für mich, dass ich vom Land Baden-Württemberg im Monat 100 Kilometer zur Verfügung gestellt bekomme. Ohne diese Hilfe könnte ich leider nichts auswärts unternehmen. Die übrigen Kilometer muss ich selbst bezahlen.

Doch ich bin auch auf meine ganz eigene Weise mobil, denn ich habe eine Menge umgebaute oder maßgebaute Hilfsmittel, wie z.B. Rollator, Rollstuhl und Fahrrad.

Mit dem Fahrrad zu fahren bereitet mir sehr viel Spaß, denn ich bin unabhängig von anderen Menschen. Ich komme somit überall hin. Das Negative daran ist, dass ich es bei schlechtem Wetter nicht nutzen kann, da ich schneller krank werde als andere. Mit dem Fahrrad zu fahren ist für mich viel einfacher, denn ich komme schneller ans Ziel als zu Fuß.

Somit suche ich mir immer eine Möglichkeit, um an mein Ziel zu gelangen, immerhin kann ich ja alleine gehen, jedoch nur mit gewissen Einschränkungen. Auch langsam kommt man ans Ziel.

- **Arbeit**

Für mich ist es ein Geschenk Gottes, dass ich mitten im Leben sein darf, denn es hätte mich auch viel schlimmer treffen können. Ich selbst komme mit meiner Behinderung sehr gut zurecht, sodass ich mich eigentlich fühle wie jeder andere eben auch. Dadurch habe ich sehr viel Mut und präsentiere mich in der Öffentlichkeit.

Ich bilde mir meine eigene Meinung über all die Dinge, die mir gerade im Kopf herumgehen.

Mein größter Wunsch war es, Arbeit zu finden, damit ich mir auch etwas leisten kann, denn „ohne Moos nix los". Die meisten Leute sind „gesund und fit". Sie bekommen in der Regel mehr Geld als wir „Behinderten", obwohl wir auch einen ganz normalen Arbeitstag von 8 Stunden haben. Dennoch müssen wir mit unserem Verdienst haushalten, egal, welche Träume oder Wünsche wir haben.

Man darf nicht vergessen, dass manche Behinderten einen Teil der Hilfsmittel auch beim Arzt als Zuzahlung leisten müssen. Meiner Meinung nach schätzen die „normalen" Menschen die Kleinigkeiten nicht so sehr wie wir. Es zählt nur alleine der Geldwert, nicht, dass es von Herzen kommen könnte.

Ich selbst habe in meinem Leben noch sehr viele Träume und Wünsche, die ich mir erfüllen will und hierfür benötige ich auch das nötige Kleingeld. Ich habe gelernt, auf eigenen Beinen zu stehen und mir alles erdenklich Mögliche zu finanzieren.

Durch die Arbeit habe ich sehr viele Fähigkeiten erworben, von denen ich nicht wusste, dass ich sie habe oder dieses und jenes einmal erlernen oder bedienen kann.

* **PC/Kommunikation**

Der Computer ist für mich ein sehr hilfreiches Mittel, denn ich kann mich somit mit meiner Umwelt unterhalten. Ich brauche zwar immer etwas länger um den Leuten zu antworten, aber wer mich kennt, der weiß das auch. Ich habe auf sämtlichen sozialen Internetplattformen Accounts, um mit möglichst allen Freunden in Verbindung zu bleiben.

## 22.  Glaube an Gott

Als ich noch klein war, wusste ich nicht genau was es heißt, an Gott zu glauben. Erst mit den Jahren habe ich nach und nach gelernt, was dahintersteckt. Dennoch muss ich sagen, dass ich nicht wirklich an Gott glaube oder zumindest nicht so sehr wie andere Leute.

Meiner Meinung nach teilt er das Leben ungerecht auf. In der Bibel steht, dass den Menschen, die an Gott glauben, geholfen wird. Aber dann dürfte es auch keine behinderten oder kranken Menschen geben. Denn er will uns alle ja heilen. Die Frage ist nur: wann?

Manchmal frage ich mich, ob er es geahnt hat, dass ich wohl nicht so sehr den Glauben an Gott finde und mein Leben deswegen diese Wendung bei meiner Geburt genommen hat? Leider gibt es darauf keine Antwort. Man kann sie sich nur erahnen.

# 23.   „Mehr vom Leben"

„… Durch Vermittlung der früheren Nagolder und jetzigen Leonberger Bibliotheksleiterin Ingrid Züffle und in Zusammenarbeit mit der Lebenshilfe war der Abend in der Reihe ‚Nagold liest …' zustande gekommen, der heuer unter dem Motto ‚Mehr vom Leben' stand. Im Frühjahr 2009 hatten die Aktion Mensch und der Bundesverband für körper- und mehrfach behinderte Menschen Frauen und Männer mit Behinderung dazu aufgerufen, Geschichten über ihr Leben einzureichen, und nicht nur der Zustrom war überwältigend gewesen, sondern auch die Vielfalt der Texte. Unter dem Titel ‚Mehr vom Leben' erschien das Buch 2010 mit über 70 Beiträgen, darunter der Text des Wahl-Ebhäusers Jimmy Liebermann, der demnächst ein zweites, ganz eigenes Buch veröffentlichen wird …"

(Auszug aus: Schwarzwälder Bote vom 23.10.2011)

So war ich sofort Feuer und Flamme, als es um den Entwurf des Buches „Mehr vom Leben" ging. Ich wollte unbedingt auch ein Kapitel darin füllen.

Bei der Buchvorstellung, die dann im Jahr 2009 in Köln stattfand, war ich eine wichtige Person. Circa sechshundert Zuhörer kamen und hörten sich die Vorlesung an. Dirk Bach, Hella von Sinnen und Guildo Horn lasen einige Kapitel vor.

Es kam für mich sehr überraschend, dass Dirk

Bach aus meinem Kapitel einen Absatz vorlas. Daraufhin war ich mächtig stolz auf meine bisherige getane Arbeit.

*Buchvorstellung „Mehr vom Leben" in Köln*

Mit vielen Eindrücken und handsigniertem Buch von Hella von Sinnen und Dirk Bach fuhr ich zurück nach Nagold.

In Bezug auf dieses Buch erhielt ich ein Jahr später eine Einladung zu einer Lesung aus meinem Kapitel in der Stadtbücherei in Leonberg. Außer mir war noch ein Autor anwesend, der seine Geschichte vortrug. Eine Erfahrung – im Mittelpunkt zu stehen, wegen meiner Leistung, die ich gerne erbracht habe. Meine Freundin und ich waren gleichermaßen aufgeregt, aber mit ihr als Vorleserin klappte alles reibungslos.

Einen solchen „Lesungsabend" aus diesem Buch haben wir dann ebenfalls in Nagold durchgeführt und es war ein voller Erfolg. Sage und schreibe 100 Leute waren anwesend.

## 24.  Inklusion/Soziologie

„Die Forderung nach Sozialer Inklusion ist verwirk-
licht, wenn jeder Mensch in seiner Individualität
von der Gesellschaft akzeptiert wird und die Möglichkeit hat, in vollem Umfang an ihr teilzuhaben
oder teilzunehmen."
(Quelle: http://de.wikipedia.org/wiki/Soziale_Inklusion)

Ich würde es besser finden, wenn alle Kinder, sowohl „Gesunde" als auch behinderte Kinder, von
Anfang an zusammen in den Kindergarten gehen,
um erste Kontakte zu knüpfen. Meiner Meinung
nach würden die behinderten Kinder sich dann vieles von den gesunden Kindern abschauen und somit einige Dinge schneller erlernen bzw. versuchen
(je nach Art der Behinderung).

In der Schule sollte man auch nicht unterschei-
den, denn beide brauchen die gleiche Bildung, nur,
dass der eine mehr Zuwendung benötigt als der andere. Der Vorteil daran wäre, dass die Kinder eventuell schon gemeinsam im Kindergarten waren und
sich kennen. Somit vertrauen sie den bekannten
Kindern und versuchen, diese Kontakte weiter zu
stärken, jedoch auch neue Freundschaften aufzubauen.

Ich denke, dass so die Menschen mit Behinderung besser mit ihrem Leben klarkommen würden
und sich auch einiges von den anderen abschauen
könnten. Die „normalen Kinder" würden von klein

auf den Umgang lernen und im Alter sicherlich respektvoller und offener auf diese behinderten Menschen zugehen.

Im Alltag würde man dann auch mehr Hilfe anbieten. Viele wollen solchen Menschen gar nicht helfen. Entweder sie wissen nicht, wie man damit umgehen soll oder aus Angst, abgewiesen zu werden. Meistens heißt es ja „Euer Mitleid brauchen wir nicht". Doch im Grunde genommen wollen sie auch nur ernst genommen werden und soziale Kontakte zur Außenwelt knüpfen. Das gilt in jeder Lebenssituation: Arbeit, Freizeit, Familie, Freunde etc.

Mein Fazit lautet:

Wenn jeder Mensch so akzeptiert und integriert wird, wie er ist, würde das Leben in der wahren Welt sicher einfacher sein, denn nicht jeder Mensch hat den Mut auf andere Menschen zuzugehen und sich in der Öffentlichkeit zu präsentieren wie ich.

## 25.  Herzschmerz und Schmetterlinge

Damals in der Schule hat mich mal ein Mädchen gefragt, ob ich mit ihr gehen wolle. Ich dachte mir nichts dabei und bejahte ihre Frage, obwohl ich nicht in dieses Mädchen verliebt war. In diesem Alter wusste ich noch nicht, was es heißt, eine feste Freundin zu haben. Ich wollte lediglich meine Erfahrungen sammeln.

Heute bin ich noch immer auf der Suche nach dieser großen Liebe. Eine Partnerin, die mich so nimmt wie ich bin, fehlt mir nach wie vor in meinem Leben. Diese Hürde habe ich bis jetzt noch nicht geschafft. Doch das ist ein Kapitel für sich.

Immer wieder verliebe ich mich in die falsche Frau. Und bin ich nicht mehr der Jüngste. Ich werde somit auch nie in den Genuss kommen, einmal Vater zu sein. Eigentlich hätte in all den Jahren schon mehr passieren können, doch ich glaube, an diesem Schicksal bin ich auch selbst schuld, denn ich ertappe mich immer wieder dabei, dass ich zu hohe Erwartungen habe. Ich wünsche mir einfach eine gleichwertige Partnerin. Dabei kann ich keinen Kompromiss eingehen. Schwierig wird es immer, wenn ich denke, die Frau fürs Leben gefunden zu haben.

Momentan bin ich verliebt wie noch nie zuvor, doch ich weiß genau, dass sie wieder nicht die Frau fürs Leben ist, denn sie erwidert meine Gefühle nicht. Ich habe lange überlegt dieser Frau meine Gefühle zu offenbaren. Vor einiger Zeit habe ich einmal einen Brief an sie geschrieben, jedoch habe ich mich bis heute nicht getraut, diesen Brief an sie zu senden. Gleichermaßen weiß ich natürlich, dass mit diesem einen Brief aber auch unsere Freundschaft zerbrechen könnte.

Ein kleiner Einblick in meine Gefühlswelt soll nun der Brief wiederspiegeln.

*Liebe xxx,*
*ich schreibe dir nun einen Brief, der mein ganzes Leben verändern könnte. Es könnte sich sowohl positiv als auch negativ auswirken. Das Schlechteste wäre, dass wir keinen Kontakt mehr miteinander haben würden.*

*Ich muss dir etwas sagen, was mir schon sehr lange auf dem Herzen liegt. Sicherlich hast du es auch schon ein wenig gespürt, dass ich mich in deiner Gegenwart etwas anders verhalte als sonst, denn ich habe mich total in dich verliebt.*

*Ich schau dich an, du bist unbeschreiblich schön. Ich könnte ewig hier sitzen und dich einfach nur ansehen.*

*2009 haben wir uns wieder getroffen. Damit hat auch alles angefangen. Lange haben wir uns unterhalten. Stundenlang hätte ich einfach nur neben DIR sitzen können und DICH einfach nur ansehen, denn für mich bist DU unbeschreiblich schön. Am liebsten hätte ich die Zeit angehalten. Hierbei wurde mir bewusst, dass ich mehr als nur Freundschaft für DICH empfinde. Als die Zeit der Verabschiedung gekommen war, wollte ich mich erneut mit DIR treffen und DICH im Sommer besuchen kom-*

men. Als dieser Tag dann gekommen war, hatten wir super schöne Tage, meiner Meinung nach. Meine Gefühle wurden immer intensiver und ich konnte sie kaum noch unterdrücken. Am liebsten hätte ich DICH in den Arm genommen und DIR alles gebeichtet. Leider wollte ich dies nicht machen, aus Angst DICH zu überrumpeln und für immer zu verlieren. Das wäre das Schlimmste für mich. Mit Schmetterlingen im Bauch und Herzklopfen denke ich gerne zurück an unseren Sonnentag im Schwimmbad. In jeder Situation denke ich an DICH und will DICH bei mir haben und DICH berühren.

Ich erwarte keine Antwort von DIR. Ich wollte DIR nur meine Sicht der Freundschaft darstellen. DU bist mir unbeschreiblich ans Herz gewachsen und wichtig geworden. Ich will DICH einfach nicht verlieren, denn der Kontakt mit DIR ist mir wichtiger als alles andere.

Ich kann mir vorstellen, dass es nicht einfach für DICH ist, das jetzt auf diesem Wege zu erfahren und will auch nicht, dass DU deine Probleme als meine siehst. Ich mit einem Handicap, das ist nicht alles so einfach. DU warst sicher auch schon einmal unglücklich verliebt und kannst dich in meine Situation hineinversetzen.

DIR den Brief persönlich zu geben war mir unmöglich, denn da hat mich der Mut verlassen.

In Liebe
Jimmy


Wir haben uns vor kurzem getroffen. Ich habe schon mehrere Wochen darauf hin gefiebert, SIE endlich wieder zu sehen. Ich hatte schlaflose Nächte und mein Herz pochte bei jedem Gedanken daran. Alles was ich wollte war, SIE endlich zu sehen und in die Arme zu nehmen. Ich wollte einfach eine Frau haben, mit der ich reden kann, die genauso unternehmenslustig ist wie ich und mit der ich Zärtlichkeiten austauchen kann, ohne dabei gleich an das Thema Sex zu denken.

Dennoch habe ich von Anfang an gewusst, dass diese Gefühle und Gedanken nur von mir ausgehen. Sie sieht leider in mir bis heute nur den guten Freund. Diese Freundschaft bedeutet mir alles, denn ich will sie einfach nicht wegen unerwiderter Liebe verlieren, was ja meistens passiert, denn man weiß nicht mehr, wie man mit seinem Gegenüber umgehen soll.

Mir geht es allerdings sehr schlecht dabei, weil ich sie jeden Tag vermisse. Dennoch bin ich froh, wenn ich die wenige Zeit mit ihr verbringen und ihre Nähe spüren kann, auch wenn ich danach wieder alleine sein muss. Mein größter Wunsch ist es, dass sie irgendwann auch einmal ihre Gefühle zu mir entdeckt und wir miteinander glücklich sein könnten, aber daran glaube ich schon lange nicht mehr.

Nach unseren Treffen war ich zwar glücklich, aber die Einsamkeit holte mich ein und es ging mir schlechter denn je.

Da kam mir ein Gedicht von Goethe in den Sinn: „Ich ging im Walde so für mich hin, und nichts zu suchen, das war mein Sinn."

Kurzerhand beschloss ich, diesen Zeilen Taten folgen zu lassen und ging auch in den Wald, um mir all meine Gefühle von der Seele zu schreien. Hierbei konnte ich mich das erste Mal in einem Vogel, der sich aufgrund meiner Laute tierisch erschrocken hatte, wiedererkennen.

Da merke ich doch immer wieder, dass meine Chancen bei Frauen sehr begrenzt sind. Sie haben ja auch ihre eigenen Erwartungen. Und leider konnte ich diese Erwartungen noch nie erfüllen.

Ich hoffe, mein Wunsch nach einer lieben Frau, die zu mir und meiner Körperbehinderung stehen kann, wird irgendwann in Erfüllung gehen. Ich weiß, dass das nicht einfach ist, aber ich gebe die Hoffnung nicht auf.

Ich habe aufgrund meiner vielen Tätigkeiten rund um Menschen mit Behinderungen natürlich viele Kontakte in diesem Bereich. Doch ich habe auch unter „meinesgleichen" noch keine Frau gefunden, mit der ich mir eine Beziehung vorstellen könnte. Hoffentlich sind mir meine Vorstellungen und Wünsche nicht zu sehr im Weg bei der Partnerwahl.

Besonders die Weihnachtszeit ist sehr schwierig für mich, da mich in diesen Tagen meine Sehnsucht fast erdrückt. An Silvester hoffe ich stets aufs Neue darauf, eine Freundin zu finden. Doch am Ende ist das Jahr vergangen und ich habe noch immer keine Freundin!

Es scheint so, dass all meine Bekannten bei der

Partnersuche nie Schwierigkeiten haben. Das macht mich sehr traurig und nachdenklich. Wie gerne würde ich mal erleben, wie es sich anfühlt, eine Freundin zu haben.

Dieses Gefühl war sogar mal so stark, dass ich in einer Silvesternacht zum Telefon griff und unter einer Hotline-Nummer eine gewisse Dame anrief. Diese freute sich natürlich über meinen Anruf und verdiente wahrscheinlich während des zweistündigen Telefonats nicht schlecht. Meine Telefonrechnung war dementsprechend hoch. Enttäuschend war, dass sie zu unserem vereinbarten Treffen gar nicht erschien.

Ich erwartete einfach zu viel, weil es in der Werbung immer so einfach klingt – nur anrufen und schon das Glück finden – das wollte ich auch probieren. Dann hab ich auch nicht mehr überlegt, was das für Konsequenzen hat. Seitdem mache ich so etwas nicht mehr. Einmal reinzufallen ist genug!

2001 war ich sogar einmal in Stuttgart bei einer Zukunftsberatung nach meinem Sternzeichen. Doch auch diese positiven Vorhersagen trafen bis heute nicht zu. Ich habe alles versucht – doch bisher ohne Erfolg. Man kündigte mir an, dass ich, wenn ich viel unterwegs wäre, mein Glück finden würde. Aber obwohl ich schon sehr viel unterwegs bin, lässt sich mein Glück bis jetzt nicht sehen.

Mir ist bewusst geworden, dass ich bei Festen oder sonstigen Veranstaltungen, die immer sehr laut sind, keine Chance habe, jemanden kennenzulernen. Solch eine Atmosphäre bietet nicht den notwendigen Rahmen für ein ruhiges Gespräch. Und um mich verstehen zu können, muss es einfach leiser sein.

Ich denke auch oft bei meinen Bekannten, die sich von ihren Partnern trennen – häufig aus nichtigen Gründen, wie es mir erscheint –, dass sie einfach nicht wissen, was sie damit aufgeben.

Ich würde alles dafür tun, die Freundschaft aufrecht zu erhalten. Eine Person ist mir zu kostbar, um sie zu verlieren, denn ich schätze jeden Menschen, egal welche Macken dieser hat. Ich weiß, wenn es gemeinsam nicht mehr geht, sollte man lieber auseinandergehen, doch trotzdem würde ich nicht so schnell eine Beziehung aufs Spiel setzen, weil ich weiß, wie schwierig es ist, überhaupt einen Partner zu finden.

Aber die „normalen" Menschen denken oft, sie haben keine Probleme, sie sind gesund und finden schnell wieder jemanden.

Sehnsucht ist bei mir immer sehr präsent, belastet mich auch sehr, da das Verlangen nicht mehr aus meinem Kopf geht. Ich möchte diese Gedanken verdrängen, doch es geht nicht. Eine Frau zu berühren ist doch ganz normal und der Wunsch von jedermann, der Gefühle hat. Für mich jedoch, zumindest scheint es so, unerreichbar. Ich möchte auch einmal spüren, wie es sich anfühlt, eine Frau zu berühren und berührt zu werden.

Mein Freundeskreis meint, ich solle nicht zu viel darüber nachdenken oder mit Gewalt nach einer

Frau suchen, denn dann nimmt man jede Frau – Hauptsache, man hat eine. Man schaut gar nicht mehr auf die wirklich wichtigen Dinge wie Sympathie oder Charakter. Ist man jedoch einfach nur unterwegs, um Spaß zu haben, kommt die Liebe von ganz allein.

Trotzdem ist bei mir die Sehnsucht so groß, dass ich überlege, einmal in ein Bordell zu gehen. Das würde aber „nur" meine körperlichen sexuellen Wünsche befriedigen, und das auch nicht langfristig. Zudem müsste ich meinen ganzen Mut aufbringen, um so ein Etablissement zu besuchen.

Vielmehr sehne ich mich nach einer Lebenspartnerin mit der ich alles teilen kann, sowohl Gefühle als auch Intimität.

„Pech im Spiel, Glück in der Liebe" (oder anders herum).

## 26.   Höhen und Tiefen

Dieses Buch ist ein Blick in mein bisheriges Leben. Dieser Überblick ist und kann nicht vollständig sein, da gute drei Jahrzehnte nicht mit ein paar Zeilen gänzlich be- und umschrieben werden können.

In meinem Leben gab es bis heute etliche Höhen und Tiefen. Es gab schlechte Erfahrungen, wie z. B. bei einem Spaziergang entlang der Erzgrube. Drei Jugendliche kamen auf mich zu und sagten: „Die Erzgrube ist nur für Leute die gehen können und nicht für Behinderte."! Ich wollte darauf etwas antworten, doch aufgrund meiner schweren Sprachbehinderung war mir dies nicht möglich, vor allem wäre die Reaktion der Jugendlichen noch schlimmer geworden. Aber manchmal platze ich in solchen Situationen fast. Es ist nicht einfach, wenn man seinen eigenen Dampf nicht ablassen kann.

Solche Erfahrungen bleiben jedoch in der Minderheit und die Hilfsbereitschaft, Unterstützung und tollen Erlebnisse, die ich trotz meiner Behinderung erleben darf, bilden zum Glück die Mehrheit.

Ab und zu packt mich der Frust über meine Situation.

Auch die Jahreszeit ist für mein Befinden sehr ausschlaggebend. Im Winter bin ich sehr anfällig für jegliche Grippeviren, und das nicht nur einmal im Winter. Da liege ich auch gleich für ein paar Wochen flach. In dieser Jahreszeit mangelt es mir immer an Bewegung. So schön sie ist, doch für mich leider nicht, da ich bei hohem Schnee ans Haus gefesselt bin.

Für meinen Körper ist Bewegung sehr wichtig. Sobald ich mehrere Tage nicht die notwendige Bewegung habe, bin ich wie eingerostet und brauche Wochen, um wieder meine ursprüngliche Beweglichkeit zurückzubekommen. Obwohl ich Zuhause täglich 20 Minuten auf dem Heimfahrrad trainiere, reicht es nicht aus, das merke ich sofort. Im Winter trainiere ich im Haus wirklich viel, doch es ist ein Fass ohne Boden.

Das Laufen ist für meine Beweglichkeit dringend erforderlich und durch das Fahrradfahren nicht zu ersetzen. Ich bin immer sehr froh, wenn die Witterung es für mich wieder zulässt, nach draußen zu gehen. Ich laufe dann bewusst mehr als sonst.

Meine eh schon sehr eingeschränkte Beweglichkeit ist mein kostbarstes Gut. Diese Freiheit, selbstständig etwas erledigen zu können, meine Freunde zu besuchen oder sonstiges zu tun, bedeutet mir sehr viel.

Ich bin viel unterwegs. Dabei wird mir auch immer wieder mein Problem bewusst, nicht richtig lesen zu können. Ich muss mir alles erfragen, was sehr mühselig ist und aufgrund meiner Sprachbehinderung auch sehr schwierig. Viele Menschen verstehen mich gar nicht. Und das verrückte ist, immer, wenn ich aufgeregt bin, weil ich ja besonders deutlich sprechen möchte, passiert genau das Gegenteil. Wenn ich mich verkrampfe, geht fast gar nichts mehr.

Noch schlimmer ist es, wenn ich zum Beispiel in eine Gaststätte gehe und mir die Karte vorlesen lassen muss. Denn da muss ich etwas offenbaren, was mir sehr peinlich ist, nämlich nicht lesen zu können. Der Gesichtsausdruck der Bedienung lässt immer wieder erkennen, dass sie es als notwendiges Übel betrachtet mir zu helfen. Es kommt auch oft vor, dass ich einfach schnell irgendetwas bestelle, damit ich aus dieser peinlichen Situation komme.

Am liebsten ist mir, wenn ich mir selbst etwas aus dem Angebot aussuchen kann, indem ich nur darauf zeigen muss oder eine Speisekarte mit Fotos. Auf Eiskarten ist das schön praktisch zu erkennen.

Es wäre sicher vielen Analphabeten mit Bildern auf Speisekarten geholfen.

Solche Kleinigkeiten sind für mich immer sehr hilfreich und ich muss nicht um alles betteln. Ich habe gelernt, mein Leben gut zu leben. Und so mache ich nun das Beste daraus!

Durch meinen unermüdlichen Willen, am Leben voll teilzunehmen, bin ich oft auch an meine Grenzen gestoßen, habe aber dadurch viel über mich und meine Grenzen erfahren. Der Unterschied zwischen einem gesunden Menschen und mir ist, dass ich all meine Vorhaben sehr gut vorausplanen muss.

Ich suche immer nach Möglichkeiten für mich, meine Schwächen zu umgehen und trotzdem meine Ziele zu erreichen. In Großstädten zum Beispiel, besichtige ich die Stadt nicht zu Fuß, sondern miete

mir eine Rikscha und habe das gleiche schöne Erlebnis einer Stadtbesichtigung wie die Fußgänger.

Das sind solche Kleinigkeiten, die mir das Leben erleichtern und ich nicht das Gefühl habe, auf etwas
verzichten zu müssen. Spontanität ist bei mir sehr
eingeschränkt, außer ich bewege mich im Umkreis
meines Wohnortes.

Wenn ich heute drei Wünsche in meinem Leben
frei hätte, dann würde ich mir einen Tag Gesundheit wünschen. (An diesem Tage würde ich sogar

ein paar Minuten für einen unbeschwerten Zahn-
arzttermin opfern, denn das ist jedes Mal eine Tor-
tur für mich, weil ich den Mund aufgrund meiner
Behinderung nicht lange genug offen halten kann).

Vor Jahren wünschte ich mir noch einen Monat
Gesundheit, heute jedoch nur noch einen Tag, an
dem ich mich fühlen könnte wie ein gesunder
Mensch, ohne Behinderung. Dieser Tag würde mir
ausreichen, meine Vorhaben zu verwirklichen, wie
zum Beispiel:

- Normal laufen zu können – ohne meinem
  Rollator.
- Selbstständig Auto fahren zu können und
  auch mal „Fahrer" zu sein.
- Öffentliche Verkehrsmittel nutzen – ohne
  auf Hilfe angewiesen zu sein.
- Ich könnte mich schnell anziehen und für
  den Tag fertig machen, somit morgens auch
  länger schlafen.
- Ohne Umständlichkeit auf eine Veranstaltung gelangen – ohne spezielle „Behinder-
  tenplätze" nutzen zu müssen.
- Ich könnte spontaner und freier in allem
  sein.

## 27.    Gedanken von Freunden

Ich erinnere mich an einen sehr schönen Abend. Ich wurde am Knie operiert und stand da mit den Krücken herum. Als ungeübte „Krückengeherin" habe ich mich nach einiger Zeit doch ziemlich schwer getan und da hast Du eine gute Tat getan und hast mich auf Deinem „Kärrele" sitzen lassen. Das fand ich so klasse und das werde ich Dir nie vergessen, wie Du mir geholfen hast. Das hast Du sogar dann gleich am darauffolgenden Wochenende wiederholt. Das war dann in Österreich, da hast Du mich auch auf dem „Kärrele" sitzen lassen.

Einmal war auch eine Schlägerei nach einem Konzert in Nagold und wir haben wie immer, wenn Du dabei warst (also nachdem wir uns kennengelernt hatten), den ganzen Abend zusammen verbracht. Als du dir das Taxi gerufen hattest, sind wir mit dir rausgelaufen. Wir mussten ja, wie immer, so arg weit fahren und Stefan war total erledigt. Du wolltest aber unbedingt, dass wir fahren, weil wir mit Dir aufs Taxi warten wollten. Dann sind wir gefahren und ich war vor lauter Sorge, dass Du in die Schlägerei verwickelt werden könntest. Aber eine Straße weiter ist uns das Taxi entgegengekommen und Stefan hat gleich gesagt, dass es sicher Dein Taxi sein wird. Ich hab mir große Sorgen gemacht. Ich weiß auch noch, dass manchmal bei verschiedenen Konzerten ein Mann da war, der saß im Rollstuhl. Er hat sich dann, nachdem er mitbekommen hat, wie gut wir befreundet waren, auch immer ein bissel an uns ran gehängt. Aber er hatte eine für mich nicht sehr sympathische Art an sich. Trotz allem habe ich mich auch immer mit ihm unterhalten, weil ich ein großes Herz hab und mich immer gefreut habe, wenn ich jemanden ein bisschen kannte. Bei einem Open Air Konzert haben wir Dich am Rand geholt, weil Dein Kärrele sonst im Matsch versunken wäre. Ich weiß das noch sehr gut. Ich hatte zum Glück Gummistiefel an, aber Stefan hatte nur die Konzertschuhe dabei. Ich erinnere mich gut, weil ich am nächsten Tag die Matsch-Schuhe gewaschen habe. Stefan und ich konnten Dich aber nicht durch den Matsch schleifen, da haben wir Specht (Mitglied und Gründer der Band „The Woodpeckers") zur Unterstützung geholt. Die zwei Männer haben Dich dann mit links über den aufgeweichten Boden gehievt.

(Imke und Stefan Fischer, Frau und ehemaliger Sänger der Gruppe „The Woodpeckers", die mich 2005 beim Feuerwehrfest in Rotfelden kennengelernt haben.)

Ich hab Jimmy beim Entwurf dieses Buches unterstützt. Gemeinsam formulierten wir seine Gedanken in Worte. Es waren viele Stunden, die wir gemeinsam grübelten und ich muss sagen, ich bin beeindruckt von Jimmy, seinem Ehrgeiz und seiner Intelligenz. Er weiß genau, welche Grenzen er durch seine Defizite – jedoch auch Möglichkeiten er hat. Möglichkeiten, die die Welt bewegt ... wie dieses Buch !

(Elke Salomon)

Es ist sehr schwer, sich auf bestimmte Situationen zu beschränken, da es mit ihm wirklich sehr viel zu erleben gab in den letzten 8 Jahren. Durch ihn konnte ich viel in meinem Leben auch über mich selbst dazu lernen. Toleranz, Geduld, ... und nicht zuletzt, was Lebensfreude bedeutet! Unzählige Partys an Fasching, Geburtstagen, WM, EM, Konzerte, Musicals, Wochenendausflüge oder einfach irgendwo einen Kaffee trinken oder etwas essen gehen. Von aufgeschlossenen und positiv eingestellten Menschen gegenüber Jimmy und seiner unübersehbaren körperlichen Einschränkung bis hin zu verschlossenen und intoleranten Menschen, sind uns alle begegnet. Zusammenfassend ist Jimmy ein Mann, dessen Lebensfreude ansteckt und von der viele sich anstecken lassen sollten!!!

(Die gute Freundin Susi)

Bevor ich das FSJ begonnen habe, musste ich erst einmal ein Praktikum machen. Darauf hatte ich mich sehr gefreut. Jimmy war jedoch erst ab Mittwoch im Geschäft, wo ich ihn dann kennen lernen durfte. Ich wusste nicht, dass er schwere Probleme mit der Aussprache hatte. Als er dann mit mir das erste Mal redete, war es mir so peinlich, weil ich andauernd fragen musste was er gesagt hatte. Jedoch hat sich das im Laufe der Wochen geändert. Jetzt verstehe ich mich sehr gut mit ihm und wir hatten einen riesen Spaß in diesem Jahr.

(Sabrina, FSJ-lerin)

Ich kenne Jimmy seit 2004, seit er im Beirat behinderter Menschen der Lebenshilfe aktiv mitarbeitet. Er ist der Kopf der Gruppe. Jimmy ist ein genialer Typ zu dem ich nur folgende Aussagen treffen kann:

- er steckt voller Ideen
- er setzt sich für andere ein
- er wird politisch aktiv
- er ist humorvoll und schlagfertig
- er ist sehr charmant
- er ist sehr eigenständig im Denken
- er ist sehr hilfsbereit
- er verliert nie die Geduld, wenn ich zum zehnten Mal sage, dass ich ihn nicht verstanden habe
- er ist sehr einfühlsam
- er ist sehr unternehmungslustig

Was ich ihm von Herzen wünsche ist eine liebevolle Partnerin, die zu ihm passt und mit ihm sein Leben teilt.

(Christa Mutz-Müller)

Ich habe Jimmy in der Werkstatt kennengelernt, als ich in seinem Betrieb einen neuen Job angefangen habe.

Vom ersten Tag bis jetzt hat er mir sehr viel beigebracht. Er beeindruckt mich sehr; strahlt Ruhe und Gelassenheit in jeder Situation aus. Von ihm kann man sich was abschauen und dazulernen, einfach ein toller Mensch! Jimmy bleib so!

In der Zeit wo ich nun in der Werkstatt arbeite, gibt es mit Jimmy täglich lustige Situationen z. B. manchmal fühle ich mich recht sicher am PC und bin froh, wenn ich ihn nicht immer fragen muss. In solchen Situationen kann er mich sehr gut erschrecken, weil er immer, wenn ich zum Abschluss der Buchung komme, den Laut „BUFF" von sich gibt. Als würde nun der ganze Computer oder das System abstürzen.

Dann bin ich immer heilfroh, wenn es Spaß ist. Abgestürzt ist bis jetzt noch nichts.

Jimmy macht auch jeden Spaß mit z.B. hatte ich am Anfang echt Schwierigkeiten ihn zu verstehen. Nun ist es schon so, dass wenn er mir etwas erklären möchte und ich nicht das passende Wort finde, wir schon richtige Wortspielereien machen und uns total kaputtlachen. So macht uns allen die Arbeit richtig Spaß.

Ich hoffe auf noch viele Jahre, in denen wir gemeinsam zusammenarbeiten können.

Alles Gute für dich lieber Jimmy.

(Beate Höhni)


Ich bin beeindruckt von deinem Wesen und deiner Unternehmungslust. Scheinbar lässt du dich von keinen Hürden aufhalten, das ist beeindruckend!

Anfangs hatte ich Sorgen, dich nicht immer gleich zu verstehen wenn wir uns unterhalten, aber Susi meinte immer, „das macht ihm gar nichts aus, Jimmy probiert es so lange bis man es versteht" und so ist es. Und tatsächlich klappt es mit der Zeit immer besser. Du hast die „Gündringer-Clique" im Sturm erobert, bist bei allen Events herzlich eingeladen und das nicht etwa aus „Mitleid", sondern weil du ein sympathischer, witziger Kerl bist, den alle gern haben! Das sagt mein Bild ganz ohne Worte.

Ich wünsch dir viel Erfolg für dein Buch und weiterhin viel positive Energie, dein Leben zu meistern, bin jetzt schon gespannt!
(Jennifer Mattausch)

Ich lernte Jimmy Liebermann im Jahre 1996 während meiner Arbeit in der Taxizentrale kennen. Jimmy fiel mir wegen seiner lebensfrohen und neugierigen Art auf, die ihn bis heute auszeichnet. Im Laufe der Jahre ist er ein Freund geworden. Wir unterhalten uns nicht nur über die Arbeit, sondern auch über alltägliche Dinge wie Urlaubsereignisse oder Freizeitaktivitäten.

Mein schönstes Erlebnis mit ihm war die Feier seines 30. Geburtstages, wo ich persönlich anwesend sein durfte. Auf der Feier lernte ich seine Familie kennen, die ihn trotz seiner Behinderung vorbildlich unterstützt. Das war sehr beeindruckend.

Ich wünsche Jimmy alles erdenklich Gute für seine Zukunft und viel Erfolg als Autor

(Alexandra Gilde)


Ich kann mich noch an ein Erlebnis ganz gut erinnern. Es war nach der Fasnet in Gündringen in der Halle: Da hat es ziemlich geschneit. Wir sind nach der Fasnet noch zu Mark und Katrin nach Hause gegangen. Du bist natürlich auch mit (bist ja eh fast immer der letzte, der geht). War aber glatt und es lag einiges an Schnee auf der Straße. Da haben wir dich auf dein „Kärrele" vorne draufgesetzt und sind durch den Schnee gebraust. War echt lustig. Du warst quasi der Schneepflug für die ganze Meute, die noch zu Mark und Katrin gegangen sind.

Freu mich immer wieder, wenn wir uns auf einem Fest treffen. Wir können uns ja immer besser

verständigen. Am Anfang hab ich mir da echt noch schwer getan
(Christoph)

Tatsächlich erinnere ich mich an eine Situation, die ich mit dir erlebt habe und auch schon anderen erzählt habe, weil man einfach sieht, dass sich, wenn man dich kennenlernt, einem ein falsches Bild aufdrängt. Wir haben uns ja am Bernecker Seenachtsfest vor ca. 100 Jahren kennengelernt. Komischerweise habe ich ab da immer sehr laut und überdeutlich mit dir geredet. So ging das einige Zeit – bis du mal im Coc an der Theke saßest und ich dich bediente. Ich habe dich mal wieder sehr laut gefragt, was du trinken möchtest. Da hast du zu mir gesagt: „Warum schreist du immer so, ich bin nicht schwerhörig." Da war ich erst mal total verlegen, aber dann mussten wir beide lachen. Ab da hab ich immer gesagt, „Jimmy ist NICHT schwerhörig", wenn mal wieder ein Gast zu mir sagte, da kommt dein Freund. Vielleicht erinnerst du dich an diese kleine Geschichte und ich konnte dir ein bisschen helfen! ;-))
(Bine)

Bleib so wie du bist, denn es gibt wenig Menschen, die so viel Lebensfreude ausstrahlen wie du!
(Anja)

Viele Grüße aus Berlin. Ich erinnere mich gern an die Treffen mit Dir im Coc und Deine Vorliebe für

Apfelschorle.
  (Friederike)

Wenn ich an dich denke, erstaunt mich immer wieder deine Lebensfreude und dass du immer positiv in die Zukunft siehst! Letztes Jahr Fasching mit dir und Susi war super lustig!
  (Uschi)

Ich erinnere mich an einen perfekten Co-Piloten während unserer täglichen Fahrten von und zur Arbeit – Du hast mich immer nett unterhalten und ohne Dich wäre so mancher deiner Kollegen nicht pünktlich zuhause gewesen. Daran erinnere ich mich oft und sehr gerne ;-) Grüße aus dem Mercedes-Benz Werk in Sindelfingen!

Also ich hab Dich in einer Zeit kennengelernt, als ich meinen Lebensunterhalt als Taxifahrer verdient hab, während ich die Meisterschule gemacht habe. Eine schwere Zeit. Ich bin ein lernfauler Hund. Ich arbeite im Mercedes-Benz Werk in Sindelfingen, genauer gesagt im Center Oberfläche (also Lackierung) und dort bin ich Meister im Bereich Instandhaltung Robotertechnik. Ein ganz spannender Beruf. Ich freue mich sehr, dass es Dir gut geht und ich bin sehr stolz auf Dich, dass Du Dich und deine Lebensgeschichte anderen Menschen näher bringst. Du bist etwas ganz besonderes, Jimmy – schon immer gewesen. Ich erinnere mich oft und sehr gerne

an meine Erlebnisse mit Dir, erzähle meinen Mitmenschen von solchen Erlebnissen ... während ich
im Moment nur an dein verschmitztes Lächeln
denke, muss ich schon wieder über das ganze Ge-
sicht schmunzeln. Ich hoffe, dass es Dir in der
GWW auch gut geht, bestimmt verdrehst Du dort
sämtlichen Mädchen den Kopf mit deinem un-
schlagbaren Charme, du Schlingel

(Rainer)

Ich erinnere mich immer wieder gerne an mein Er-
öffnungsevent in unserem damaligen „Club Ab-
riss" im ehemaligen ALDI -Markt in der Freuden-
städter Str. im Winter 2002! Als ich die Tür aufge-
schlossen habe, warst Du der erste Gast und am
Ende auch immer einer der letzten! Ein immer
gerne gesehener Gast!

(Peter )

Meiner Meinung nach solltest du noch deine große
Leidenschaft für Wodka-Lemon reinschreiben. Jedes Mal, wenn du in den Grünen Baum kommst,
weiß ich was du gleich bestellst.

(Anja)

„Die Begegnung mit Liebermann ging den Schülern
spürbar unter die Haut, weil sie sahen, welch Offen-
heit und Fröhlichkeit er trotz eingeschränkter kör-
perlicher Möglichkeiten ausstrahlt. Die Achtkläss-
ler konnten Fragen anonym auf Zettel schreiben,
doch schnell entwickelte sich ein offenes Gespräch,

bei dem sich die Schüler ebenso achtsam, geduldig und ohne Berührungsängste zeigten wie der Gast." (Ausschnitt Schwarzwälder-Bote vom 10.06.2012, an dem das Buch „Mehr vom Leben" vorgestellt wurde.)

Ich wiederum erinnere mich an politische Podiumsdiskussionen (z.B. zur Oberbürgermeister-Wahl), bei denen du kritische Fragen gestellt und den Podiumsteilnehmern auf den Zahn gefühlt hast
(Daniela)

Da wir uns noch nicht allzu lange kennen, aber ich dich auf fast jedem Fest sehe, kann ich sagen, dass Jimmy immer gut drauf ist. Und auf der Hochzeit von Mark und Katrin hast du mich beim Nageln (die Nägel mit einem Spitzhammer in einen Holzblock reinhauen) ganz schön alt aussehen lassen! Der Gewinn gehört ganz allein Dir Jimmy.
(Florian Graf)

Die eine Geschichte, an die ich immer wieder denken muss: Stadtfest Herrenberg, du schiebst unseren Kumpel Fuchsi hinauf zum Hexenhaus auf deinem Rollator!! Da muss ich bis heute noch lachen, wenn ich dran denke und danach sind wir alle zusammen mit dem Taxi heimgefahren!
(Claudia)

Damals in der Kur haben wir uns alle kennenge-

lernt. Fast täglich sind wir mit dir zum Italiener gegangen, damit du dein Eis schlürfen konntest und
wir sicher sein konnten, dass dir nichts passiert. An
jenem Tag waren Thomas, du und ich beim Grie-
chen zum Essen. Du hattest immer das OUZO-Glas
falsch angepackt und somit die ganze Tischdecke
nass gemacht. Thomas hatte dann immer lustige
Sprüche auf Lager und wir alle haben uns köstlich
amüsiert. Immer wenn Thomas und ich zusammen
kommen, müssen wir über diese Situationen lachen. Du bist ein toller Mensch. Wir alle haben dich
sehr gerne gehabt, weil du ein sehr gutmütiger und
lieber Mensch bist. Bleib so wie du bist.

(Freunde aus der KUR)

So viele Geschichten gäbe es zu erzählen. Feste, Fasching, Hochzeiten, Polterabende, Stadtbummel,
Wochenendausflug. So vieles haben wir zusammen
erlebt und immer bleibt mir der gleiche Eindruck.
„Bewunderung". Ich bewundere Dich für Deine Lebensfreude, für Deine Stärke, für Deine Herzlich-
keit und Geduld.

Du wirkst so zufrieden, geduldig und fröhlich,
wobei die „Hürden" oft sehr hoch sind. Sei es, weil
andere Menschen keine Rücksicht nehmen, Dir
Steine in den Weg gelegt werden oder es einfach
mal keinen „Aufzug" zur Überwindung der Trep-
pen gibt. Du verlierst nie Dein Ziel aus den Augen
und gibst die Hoffnung nicht auf.

Wenn ich Dich auch beim zehnten Mal nicht verstehe, lachst Du und versuchst es erneut zu umschreiben.

Überhaupt haben wir schon so viel miteinander gelacht.

Du hast Träume und verwirklichst diese wie kein anderer den ich kenne.

Mach weiter so!!! Jimmy Du bist wunderbar
(Katrin Pross)


Lieber Jimmy,
ich finde es ehrlich gesagt etwas schwierig, einen passenden Kommentar zu schreiben. Schwierig deshalb, weil du so ein vielseitiger Mensch bist, den man nur schwer in wenige Worte fassen kann. An die Zeit, in der wir uns kennengelernt haben, erinnere ich mich nur noch dunkel. Ich weiß noch, dass es ein etwas holperiges Kennenlernen war. Es war mir unangenehm, dass ich dich oft nicht gleich verstanden habe. Doch du hattest immer genug kreative Ideen parat, sei es sprachlicher oder pantomimischer Art, um mir das zu erklären was du sagen willst.

Was du wirklich alles leistest, davon kann sich niemand ein Bild machen, der dich nicht kennengelernt hat. Wenn du beispielsweise am Computer sitzt, dich routinemäßig durch alle Ordner klickst und genau das Dokument findest welches du suchst, würde niemand auf die Idee kommen, dass du gar nicht richtig lesen kannst.

Das Schöne an dir ist, dass du einfach für jeden Spaß zu haben bist und dir auch selbst den einen oder anderen Scherz erlaubst. Genauso wie dein charmantes Lachen, in das man einfach mit einstimmen muss. Ich finde es wirklich bewundernswert, was für eine positive Einstellung du zum Leben hast. Davon könnten sich viele Menschen eine oder gar zwei Scheiben abschneiden.

(Evelyn, FSJ'lerin in der WfbM)

Im Jahr 2000 kreuzten sich unsere Wege zum ersten Mal. Zunächst beruflich – ich als Physiotherapeut und Jimmy als Patient. In diesen nunmehr 13 Jahren entwickelte sich eine Freundschaft, die über unsere weiterbestehende berufliche Zusammenarbeit hinausgeht. Ich durfte in diesen Jahren mindestens genauso viel von Jimmy lernen wie er von mir. Sein Lebensmut, seine Weisheit sowie das Überwinden von scheinbar zu großen Hindernissen sind mir heute noch in gewisser Weise ein Vorbild. Jimmy will dieses Vorbild eigentlich gar nicht sein, er will als „Normalo" gesehen werden. Doch dies ist mit seiner Lebensgeschichte nicht möglich. Jimmy, du musst akzeptieren, dass deine Mitmenschen, Freunde usw. dich als Vorbild sehen. Ich bin stolz dich zu kennen und genauso stolz in deiner „Lebensgeschichte" vorzukommen.

(Volker, Physiotherapeut)

Hallo Jimmy!
Schön, dass du uns besucht hast und uns deine Lebensgeschichte erzählt hast. Wir finden es toll, wie du damit umgehst und alles so positiv siehst.

Außerdem ist es bewundernswert, dass du ohne große Angst, genauso wie Menschen ohne eine Behinderung, am Leben teilnimmst und gerne unter anderen bist.

Nach einigen Überlegungen stellten wir fest, dass wir es nicht immer als besonders sehen, gesund und ohne Probleme durch den Tag zu gehen. Eigentlich sollten wir jeden Tag so nutzen, wie du ihn nutzen würdest, wenn du gesund wärst. Es ist nicht so einfach sich in deine Lage zu versetzen, doch wenn wir eine Behinderung hätten und einen Tag lang gesund sein könnten, würden wir das tun, was wir schon immer machen wollten und bis dahin noch nicht in der Lage waren es auszuführen.

Dankeschön, dass du da warst. Mach weiter so und gib nicht auf!

Liebe Grüße von Ann-Sophie, Özlem, Isa, Manuela und Evelyn
    (aus der R8a vom Bildungszentrum Wildberg)

## 28.  Fakten zu Behinderungen

**Unterschiede in der Lebenssituation von behinderten und nichtbehinderten Menschen**

Im Jahr 2009 lebten in Deutschland nach den Ergebnissen des Mikrozensus rund 9,6 Millionen Menschen mit einer amtlich anerkannten Behinderung. Im Durchschnitt war somit jeder neunte Einwohner (11,7 %) behindert. Mehr als die Hälfte davon (53 %) waren Männer. Der größte Teil, nämlich rund 7,1 Millionen Menschen, war schwerbehindert; 2,5 Millionen Menschen lebten mit einer leichteren Behinderung. Behinderungen treten vor allem bei älteren Menschen auf: So waren 72 % der behinderten Menschen 55 Jahre oder älter. Der entsprechende Anteil dieser Altersgruppe innerhalb der nichtbehinderten Menschen betrug demgegenüber nur 29 %.

Die Lebenssituation von behinderten Menschen im Alter von 25 bis 44 Jahren unterscheidet sich – nach den Daten des Mikrozensus – häufig deutlich von der Situation der nichtbehinderten Menschen gleichen Alters. Behinderte Menschen zwischen 25 und 44 Jahren sind häufiger ledig und leben öfter allein als Nichtbehinderte in dieser Altersklasse. Der Anteil der Ledigen unter den behinderten Menschen beträgt in diesem Alter 54 % – der entsprechende Anteil bei den Nichtbehinderten 41 %. Der Anteil der Alleinlebenden im Alter zwischen 25 bis

44 Jahren liegt bei behinderten Menschen bei 31 %, bei Menschen ohne Behinderung hingegen bei 21 %.

Insgesamt 17 % der behinderten Menschen im Alter von 25 bis 44 Jahren hatten keinen allgemeinen Schulabschluss (beziehungsweise einen Abschluss nach höchstens sieben Jahren Schulbesuch); bei Menschen ohne Behinderung in diesem Alter hatten deutlich weniger (3 %) keinen Abschluss. Abitur hatten hingegen 12 % der behinderten und 29 % der nichtbehinderten Menschen in dieser Altersklasse.

Am Arbeitsmarkt zeigt sich eine geringere Teilhabe der behinderten Menschen: 70 % der behinderten Menschen im Alter von 25 bis 44 Jahren waren erwerbstätig oder suchten nach einer Tätigkeit; bei den gleichaltrigen Nichtbehinderten waren es 88 %. Behinderte Menschen zwischen 25 und 44 Jahren waren häufiger erwerbslos. Die Erwerbslosenquote beträgt bei ihnen 10 %, die entsprechende Quote bei den Nichtbehinderten 7 %.

Auch von Krankheiten sind behinderte Menschen häufiger betroffen: So waren bei den behinderten Menschen im Alter von 25 bis 44 Jahren 29 % in den letzten vier Wochen vor der Mikrozensus-Befragung krank, bei Menschen ohne Behinderung waren es nur 10 %.

Quelle: Statistisches Bundesamt, https://www.destatis.de/DE/ZahlenFakten/GesellschaftStaat/Gesundheit/Behinderte/BehinderteMenschenLebenssituation.html

**7,5 Millionen schwerbehinderte Menschen leben in Deutschland**

Pressemitteilung Nr. 266 vom 29.07.2014:

WIESBADEN – Zum Jahresende 2013 lebten rund 7,5 Millionen schwerbehinderte Menschen in Deutschland. Wie das Statistische Bundesamt (Destatis) weiter mitteilt, waren das rund 260 000 oder 3,6 % mehr als am Jahresende 2011. 2013 waren somit 9,4 % der gesamten Bevölkerung in Deutschland schwerbehindert. Etwas mehr als die Hälfte (51 %) der Schwerbehinderten waren Männer. Als schwerbehindert gelten Personen, denen von den Versorgungsämtern ein Grad der Behinderung von 50 und mehr zuerkannt sowie ein gültiger Ausweis ausgehändigt wurde.

Behinderungen treten vor allem bei älteren Menschen auf: So war nahezu ein Drittel (31 %) der schwerbehinderten Menschen 75 Jahre und älter; knapp die Hälfte (45 %) gehörte der Altersgruppe zwischen 55 und 75 Jahren an. 2 % waren Kinder und Jugendliche unter 18 Jahren.

Mit 85 % wurde der überwiegende Teil der Behinderungen durch eine Krankheit verursacht. 4 % der Behinderungen waren angeboren beziehungsweise traten im ersten Lebensjahr auf. 2 % waren auf einen Unfall oder eine Berufskrankheit zurückzuführen.

Zwei von drei schwerbehinderten Menschen hatten körperliche Behinderungen (62 %). Bei 25 %

waren die inneren Organe beziehungsweise Organsysteme betroffen. Bei 14 % waren Arme und Beine in ihrer Funktion eingeschränkt, bei weiteren 12 % Wirbelsäule und Rumpf. In 5 % der Fälle lag Blindheit beziehungsweise eine Sehbehinderung vor. 4 % litten unter Schwerhörigkeit, Gleichgewichts- oder Sprachstörungen. Der Verlust einer oder beider Brüste war bei 2 % Grund für die Schwerbehinderung.

Auf geistige oder seelische Behinderungen entfielen zusammen 11 % der Fälle, auf zerebrale Störungen 9 %. Bei den übrigen Personen (18 %) war die Art der schwersten Behinderung nicht ausgewiesen.

Bei knapp einem Viertel der schwerbehinderten Menschen (24 %) war vom Versorgungsamt der höchste Grad der Behinderung von 100 festgestellt worden; 32 % wiesen einen Behinderungsgrad von 50 auf.

Quelle: Statistisches Bundesamt
https://www.destatis.de/DE/PresseService/Presse/Pressemitteilungen/2014/07/PD14_266_227.html

Immer wieder werde ich gefragt: „Was würdest du anders machen, wenn du dein Leben noch einmal leben könntest?"

Ich musste sehr lange überlegen, bis ich zum Entschluss gekommen bin, dass es gar nicht so viel im meinem Leben gibt, was ich ändern würde.

Im Laufe der Jahre ist mir nur eingefallen, dass

ich sehr faul und träge war, was die Schule und das Lesen bzw. das Lernen angeht. Sonst würde ich nichts ändern, denn ich kenne mein Leben nicht anders und komme mit der Situation sehr gut zurecht. Ich habe gemerkt, dass es vieles erleichtern kann, wenn man mit viel Fleiß um jeden Preis kämpft.

# 29.  Kleines Spiel zum Nachdenken

Stelle dir vor, du hast bei einem Wettbewerb folgenden Preis gewonnen: Jeden Morgen stellt dir die Bank 86.400 Euro auf deinem Bankkonto zur Verfügung.

Doch dieses Spiel hat auch Regeln, so wie jedes Spiel bestimmte Regeln hat.

Mein Spiel hat folgende Regeln:

1.) Alles, was du im Laufe des Tages nicht ausgegeben hast, wird dir wieder weggenommen.
2.) Du kannst das Geld nicht einfach auf ein anderes Konto überweisen, du kannst es nur ausgeben. Aber jeden Morgen, wenn du erwachst, eröffnet dir die Bank ein neues Konto mit neuen 86.400 Euro für den kommenden Tag.
3.) Die Bank kann das Spiel ohne Vorwarnung beenden, zu jeder Zeit kann sie sagen: „Es ist vorbei." Das Spiel ist aus. Sie kann das Konto schließen und du bekommst kein neues Geld mehr.

Was würdest du tun???

a) Du würdest dir alles kaufen was du möchtest. Nicht nur für dich selbst, auch für alle Menschen die du liebst.
b) Vielleicht sogar für Menschen, die du nicht

kennst, da du das nie alles nur für dich alleine ausgeben könntest.
c) Du würdest versuchen, jeden Cent auszugeben
und ihn zu nutzen ...

Aber eigentlich ist dieses Spiel die Realität: Jeder
von uns hat so eine „magische Bank". Wir sehen das
nur nicht. Die magische Bank ist die Zeit. Jeden
Morgen, wenn wir aufwachen, bekommen wir
86.400 Sekunden Leben für den Tag geschenkt und
wenn wir am Abend einschlafen, wird uns die üb-
rige Zeit nicht gutgeschrieben. Was wir an diesem
Tag nicht gelebt haben, ist verloren, für immer verloren, Gestern ist vergangen. Was machst du also
mit deinen täglichen 86.400 Sekunden??? Sind sie
nicht viel mehr wert als die gleiche Menge in Euro?

Also fang an dein Leben zu leben!!! Einen schönen
Tag und nutzt die Zeit!

PS: Ich habe gelernt, mein Leben gut zu leben. Und
so mache ich nun das Beste daraus!

Ich wüsste genau jede Stunde gezielt einzusetzen.
Und Du??? Wie würdest Du Deinen Tag nutzen???

Ich würde mich freuen, wenn Du mir Deine Gedanken an meine Email-Adresse:
                jimmyliebermann@gmx.de
senden würdest.

## 30. Dank an die beste Freundin, die man haben kann

Liebe Susi,

ich möchte mich nun auf diesem Wege nochmals für unsere Freundschaft in den letzten Jahren bedanken; für den Mut, den du mir immer wieder machst und deine Unterstützung in allen Lebenssituationen.

Ich erinnere mich noch sehr gut daran, wie alles angefangen hat. Am Anfang war unsere Freundschaft für mich ungewohnt und ich war unsicher, hatte Angst, dass ich dich nerven könnte. Doch dann habe ich ganz schnell erkannt, dass es eine wirkliche Freundschaft ist und ich mich bei Dir fallen lassen kann. Du warst immer für mich da, wenn ich dich gebraucht habe. Ich konnte mit dir über alles reden, Probleme und auch Wünsche mit dir besprechen. Ich hatte noch nie eine Freundin, mit der ich diese Dinge erleben durfte.

Obwohl Du selbst immer viel um die Ohren hast, opferst du Zeit für mich, obwohl du im Geschäft oft selbst nicht weißt, wo dir der Kopf steht. Du erkennst auch ohne viele Worte, wie es in mir aussieht und was mich bewegt. Stehst mir auch in schweren Zeiten zur Seite und gehst mit mir durch dick und dünn.

Du hast die Gabe, mich aufzumuntern und mich

zum Lachen zu bringen. Danach sind die Probleme und der Ärger nur noch halb so schlimm.

Auch jetzt, wo ich über beide Ohren verliebt bin, bist du mein Anker. Als ich meine Herzensdame besucht habe, warst Du diejenige, die mich aufgefangen hat, als ich traurig zurückgekehrt bin.

Und dabei hast du dann auch noch eine Eselsgeduld und telefonierst mit mir, obwohl unsere Handyverbindung immer wieder unterbrochen wird.

Ob Liebeskummer, Ärger, wichtige Fragen oder einfach nur herzlich miteinander Lachen; mit dir hat man einfach in allen Lebenslagen die beste Freundin der Welt an seiner Seite.

Ich hoffe, dies bleibt noch lange und viele Jahre erhalten!

Dein Jimmy

## 31. 15-jähriges Jubiläum bei der GWW, Jahresabschlussfeier am 16.12.2011

<u>Jimmy Liebermann arbeitet seit dem 18.11.1996 in der GWW</u>

Herr Liebermann lernte die GWW in der Probewoche im September 1996 kennen. Damals zog er mit seiner Familie von Marburg nach Ebhausen und suchte für sich einen beruflichen Weg.

Nachdem er in Marburg eine andere berufliche Perspektive bereits sicher hatte, fiel ihm der Wechsel in die GWW nicht besonders leicht.

Aber nach zwei Jahren Arbeitstrainingsmaßnahmen und dem darauffolgenden Wechsel in den Arbeitsbereich des Teams 5 gelang es Herrn Liebermann sich Schritt für Schritt zu qualifizieren, natürlich seinen eigenen Wünschen und Vorstellungen entsprechend.

Ihm gelang es, dank seines starken Willens und seiner hohen Motivation, sich im Laufe der Jahre im unglaublichen Maß weiterzuentwickeln. Sein Weg führte ihn zunächst zu einfachen Verpackungsaufgaben, über Abwiegetätigkeiten, bis hin zu immer komplexeren Aufgabestellungen, wie z.B. im Bereich des Qualitätswesen, in der Sichtprüfung und der Qualitätskontrolle. Daraufhin steuerte er den Kanban, die Warenbestellung und das Abbuchen des damaligen PPS Systems.

Das Einrichten der Arbeitsplätze, das Heranschaffen des dazugehörigen Materials und das Einarbeiten eines Mitarbeiters sind für Herr Liebermann heute selbstverständlich.

Heute vertritt Herr Liebermann gelegentlich auch mal die Fachkraft. Dann wird er nämlich gefragt, wie man ein bestimmtes Problem mit den entsprechenden Mitteln bewältigen kann. Er kommuniziert mit den Mitarbeitern, den externen Kunden und mit dem Auftragszentrum oder mit der Abteilungsleitung. Es ist dann nicht ungewöhnlich, wenn er selbst von den Fachkräften nach dem „Wie" oder dem „Wo" gefragt wird, wenn es um Auftragstermine, der Materialbeschaffung oder auch um das SAP geht.

Noch dazu kämpft Herr Liebermann für die Inklusion und die Integration, und zwar nicht nur im Werkstattrat. Er ist sowohl bei den Einführungstagen für das neue Personal, wie auch bei den FSJ Fachtagen und Schulen dabei. Dabei erzählt er selbstbewusst und humorvoll von seinem „Tanz mit dem Leben".

Herr Liebermann ist eine bekannte Persönlichkeit, denn wenn er unterwegs ist oder sich beruflich in der GWW befindet, schallt aus allen Ecken ein „Hallo Jimmy, wie geht's?!". Bei all dem Erfolg ist Herr Liebermann eine liebenswürdige, charmante und humorvolle Person geblieben. Immer mit einem Schalk in den Augenwinkeln.

Team 5 / GWW – Werkstattrat

Ohne Jimmy Liebermann? Geht gar nicht!

## 32. Danksagung

Ganz besonders danken will ich meiner Familie, ohne deren Unterstützung das Buch nicht realisierbar gewesen wäre.

Auch möchte ich mich an dieser Stelle bei den Menschen bedanken, die die Veröffentlichung meines Buches durch ihre großzügigen Spenden ermöglicht haben:

Digel AG Kleiderfabriken Nagold , Praxisteam Physiotherapie Schneckenburger Rohrdorf, Firma Gutekunst Nagold und alle Mitarbeiter, Thomas Baitinger, Karin Bauer, Benjamin Binder, Ruben Conzelmann, Claudio Cuomo, Peter F.V. Deckert, Dr. Ottmar Elsässer, Imke und Stefan Fischer, Stefan Fischer, Patrick Frick, Marc Fuchslocher, Philipp Gerritzen, Hans-Joachim Grammbauer, Fam. Loredana Güler, Jochen Güll, Eberhard Haizmann, Christof Helber, Mesrop Istepanian, Diana Kech, Gaby Koltermann, Thomas Krüger, Dietmar Liegel, Fam. Rafaela Martinez, Jennifer Mattausch, Kay Mattausch, Christa Mutz-Müller, Angela Nisch, Fam. Pross, Kevin Rapp, Andreas Ruff, Fam. Volker Ruff, Roland Schielke, Ute Schneckenburger, Margit Schoder, Fam. Reinhard Stauber, Fam. Waldemar Bruno Stauber, Christoph Straub, Silke Strohäker-Kuti, Leonardo Tataranni, Konstantinos Trakas, Leonard Waninger, Dagmar Waninger, Ferdinand

Waninger, Roland Waninger, Sandra Wehrstein, Fam. Roumen Zouliamsky.

Folgende Menschen haben mir beim Schreiben geholfen und sollen auch noch erwähnt werden:

- Sabrina Funk
- Stefanie Longo
- Steffen Müller
- Andreas Raaf
- Volker Ruff
- Elke Salamon
- Maike Schlagenhauf
- Susi Zouliamsky

Zeitfracht Medien GmbH
Ferdinand-Jühlke-Straße 7
99095 Erfurt, Deutschland
produktsicherheit@kolibri360.de